權錢對決

之3

越描越黑

姜遠方 著

目錄 CONTENTS

第一章
大女人主義

馮葵說：「不錯啊，老公，你開始變得心狠手辣了，
也越來越有男人味了，我喜歡。」
傅華不是很喜歡馮葵大女人主義的調笑風格，
他把馮葵的手從臉上拿開，說：
「你給我放規矩一點好不好？」

傅華趕去了胡瑜非的四合院。

胡東強看到傅華，摸著頭說：「傅哥，又要給你添麻煩了。」

傅華不禁問道：「別這麼說。東強，選個灌裝廠的地方不會這麼難吧？」

胡東強抱怨說：「地方不是很難選，關鍵是那些地方的領導我真是不敢恭維，只會一味的討好我，給我們的優惠條件說的是天花亂墜，但是我很懷疑他們會真的把這些條件落到實處。」

傅華拍了一下胡東強的肩膀，稱讚說：「不錯啊，東強，你這個分析很到位，果然是虎父無犬子。」

一旁的胡瑜非說：「傅華，你不要急著誇他，他差我還有段距離呢。搞了這麼半天，選個廠址這麼久還沒搞定，真不知道他能幹什麼。」

胡東強有些不滿的看了父親一眼，說：「爸爸，您總是看不到我的長處，反正我什麼都做不好就對了。」

傅華轉圜說：「胡叔，我覺得東強這次做的並沒有什麼錯啊。他慎重一點是應該的，建灌裝廠可不是買件東西那麼隨便，不滿意了到時候可以退貨。一旦選定了地方就不能搬了，裏面如果有個什麼閃失，集團的損失就大了。」

胡瑜非笑說：「好了，傅華，你就別再誇他了，我那麼說他是不想讓他翹尾巴，並不是真的覺得他做的不好。他一向輕狂慣了，我再誇他，他的尾巴能翹到天上去了。來，我們邊吃邊談吧。」

三人就去餐桌坐了下來，坐定後，胡瑜非說：「東強這次選址的方向並沒有錯，選址這種事，說到底是在選人，選到了合適的人，就能相互配合得好，即使地理位置稍微差一點也無所謂。關鍵是這種能跟我們集團配合好的人很難找啊。」

傅華建議說：「要不，還是去海川市怎麼樣？」

胡瑜非愣了一下，說：「你不會是復職了吧？」

傅華笑著點點頭，說：「省紀委撤銷了海川市對我的免職決定，我現在又是海川市的駐京辦主任了。」

胡東強高興地說：「恭喜你啊傅哥，回頭找琛哥他們出來好好慶祝一下吧？」

傅華說：「這有什麼好慶祝的啊，不過是回到了原來的位置罷了，我這陣子在家懶散慣了，想到明天要早起上班，還真有些不習慣呢。」

胡東強說：「傅哥，有你在，我倒是放心去海川市，不過那個市委書記金達總是一個問題。」

傅華說：「現在這個不成問題了，他中風了，已經無法履行市委書記的職務。下一步，我猜孫守義很可能會接任市委書記，孫守義這個人相對來說比較靈活，辦事能力也強，你們的灌裝廠放在那邊應該沒問題的。」

胡東強聽了說：「這個孫守義給我的印象還不錯，挺務實的一個人，他如果做海川市的的市委書記，我們倒是可以考慮把灌裝廠放到海川去。咦，可是我記得你跟我說過，孫守義在你被免職這件事上也投了贊成票的?!」

傅華點點頭說：「是啊，他確實投了贊成票。不過我倒覺得無需顧慮什麼，他知道胡叔你們集團的背景，我想他沒有膽量敢對你們集團不利的。」

胡瑜非說：「我倒不怕什麼，我擔心的是他會對你有什麼不利。你要知道，大多數的人是沒有反省能力的，他們不認為自己會做錯事，即使他們真的做錯了。這一點在官員身上表現得尤其明顯。你要小心這個孫守義會因為你被免職這件事對你有所遷怒，在責任歸咎到你身上。」

傅華很有把握地說：「這個我早已想到了，不過您不用擔心我，我有辦法控制局面的。」

胡瑜非笑說：「傅華，你現在很有自信啊。跟我說說，當你知道金達中風不能履職的時候，你心裏是怎麼想的？」

傅華說：「當時聽到這個消息，我心裏很悲哀，不過倒不是為了金達的下場悲哀。」

胡瑜非訝異地說：「哦，那是為什麼？」

傅華感嘆說：「是為我自己，本來我以為聽到這個消息，我應該感到內疚，但是我不但沒有內疚，相反還有點高興。這讓我意識到我心中曾經最善良的一面完全崩塌了，這是我堅守了很久的東西，所以很悲哀。」

胡瑜非說：「你錯了，不是你最善良的一面崩塌了，而是你心中最軟弱的部分沒有了，你的心已經硬了起來。這對一個官場中人來說，未嘗不是一件好事。」

傅華說：「這可是跟我當初踏入官場的初衷大相徑庭的。」

胡瑜非卻說：「那只能說你的初衷是錯的。說起來，你也算在官場中打過幾個滾的人了，不知道你有沒有思考過這樣一個問題，那就是什麼樣的人才能在時下的官場上有立足之地？」

傅華大為好奇地說：「這個問題我還真沒想過，胡叔您覺得呢？」

胡瑜非笑說：「就我個人的看法，我認為有兩種人能夠在時下的官場上立足。一種是處處唯上，沒有個人意志，以長官的意志為他的意志，這樣的官員必然會受到長官的賞識，而能得到長官的賞識，在官場上可是意味著很多的好處。」

傅華頗有所感地說：「是啊，長官們大多喜歡拍鬚溜馬的傢伙，這一類人在官場上如魚得水，確實能夠在官場上站穩腳跟。」

胡瑜非接著說道：「還有一類就是像你這樣子的，善於利用身邊各種資源和關係為自己打下一片天地，讓長官不敢來招惹你。自然長官會因為你不肯俯首貼耳而對你有所嫉恨，你會遭遇到打擊報復的小動作。這就產生了是還擊還是忍讓的二選一的問題，如果你選擇忍讓，那一定會被壓得死死的，可能這輩子都別想翻身了。我想你不會願意接受吧？你是那種綿裏藏針的性格，表面上看很溫和，內心卻很倔強，所以你肯定不會選擇忍讓。」

傅華不禁說道：「胡叔真是很瞭解我的個性啊。」

胡瑜非笑笑說：「那你剩下的選擇就只有還擊了，還擊就意味著戰鬥，意味著你要被對手殘酷的打擊，這種狀況下，如果你顧忌這顧忌那，又是什麼狗屁原則，或是怕傷害了對手什麼的，那這場仗還沒開打你就已經輸了。」

說到這裏，胡瑜非看了看傅華說：「好在你沒有真的傻到一味的守著你的理想原則不肯變通，不然你早就被人趕出官場了。這就是為什麼我說你的初衷是錯誤的原因，你初入官場時，對現實狀況不瞭解，什麼都太理想化。但現實是殘酷的，在殘酷中，你才會發現你的理想根本就無法實現；現實的殘酷也會讓你不得不跟對手廝殺，而且還得贏下來才能在這個官場上生存。」

傅華笑說：「胡叔，你總是把現實說得這麼嚇人。」

胡瑜非反問道：「難道我說的不對嗎？不是我說的嚇人，而是現實就是如此嚇人。」

傅華認同地說：「這我承認，您說的都很有道理。哎，我們的話題扯得有點遠了，原本是談灌裝廠的設址的。」

胡瑜非笑笑說：「灌裝廠的事你就別來問我了，負責的人是東強，你問他好了。」

看得出來，胡瑜非對胡東強慢慢產生了信賴感，有放手讓胡東強去做的意思。

胡東強說：「傅哥這邊沒問題，我自然也沒問題，回頭我就安排再去海川考察一次。」

在胡瑜非家吃過午飯，傅華就離開了，他沒有回家，而是去了馮葵那裏。他馬上就要恢復上班，以後私下跟馮葵見面的時間將會變少，他必須跟馮葵打聲招呼才行。

這次馮葵倒是起床了，看到傅華就說：「你這傢伙真厲害啊，把人家市委書記都給整到半身不遂了，這下你滿意了吧？」

傅華笑了一下，說：「他半身不遂與我有什麼關係啊，那是他自己健康有問題。」

「不錯啊，」馮葵伸手摸了一把傅華的臉，說：「老公，你開始變得心狠手辣了，也越來越有男人味了，我喜歡。」

傅華並不是很喜歡馮葵這種大女人主義的調笑風格，他把馮葵的手從臉上拿開，說：「你給我放規矩一點好不好？」

「就不規矩，你能怎樣？」說著，馮葵就故意用雙手捧起傅華的臉，還特意的揉搓了幾下，然後猛地強吻住傅華的嘴。

兩人又是一番纏綿，好半天才風停雨歇。

傅華說：「小葵，我的職務恢復了，明天要開始上班了。」

馮葵慵懶的說：「上吧，也好過你每天在家睡懶覺。」

傅華不捨地說：「我上班後，就不能經常過來了。」

馮葵看了傅華一眼，說：「怎麼？捨不得我了，要不你辭職天天守著我算了，反正我養得起你。」

傅華笑說：「那我可不幹，那樣你還不得天天欺負我啊？」

馮葵笑罵說：「大男人主義，跟你說，我馮葵可不是隨便什麼男人都欺負的，我欺負你那是看得起你。」

傅華故意說：「拜託，你還是不要看得起我了吧。」

「想得美，」馮葵捶了傅華一下，說：「我就要看得起你，不行啊？」

「行，怎麼不行。」傅華就又抱住了馮葵好一陣的溫存。

過了一會兒，傅華忽然想起一件事，問道：「小葵，是不是你通過關係找了許開田啊？」

許開田幫他的這件事一直困擾著傅華，他猜不出是什麼原因讓許開田幫他撤銷了免職決定。想來想去，最有可能在背後運作這件事的就是馮葵了。

馮葵一直很熱衷幫他解決這個問題，而馮葵雄厚的家族背景也能夠讓她調動許開田。

但讓傅華意外的是，馮葵反而困惑的說：「許開田是誰啊，我有什麼必要通過關係找他啊？」

「你不認識他嗎？」傅華問。

馮葵一頭霧水地說：「我為什麼要認識他？他究竟是誰啊？」

傅華說：「他是東海省的紀委書記，我這次的免職就是他幫我撤銷的。我跟這個人從未有什麼交集，不知道為什麼他會出面幫我，我還以為是你找過他呢。」

馮葵否認說：「我不認識這個人啊。」

傅華不解地說：「那真是怪了，世界上還有無緣無故幫人忙的嗎？」

馮葵開玩笑說：「大概是看你長得帥吧？」

傅華笑說：「去，我在想正事呢，你別沒個正經。」

馮葵說：「我覺得他肯定不是無緣無故出手幫你的，一定是有什麼事或者什麼人讓他這麼做的。」

傅華笑罵說：「你這不是廢話嗎，當然是有什麼事或者人讓他這麼做的。」

馮葵伸手扭了一下傅華的耳朵，嗔道：「你急什麼啊，聽我說完不行啊?!」

傅華告饒說：「行，你說吧。」

馮葵繼續說：「既然這樣，你就查一下這個許開田的資料，看他跟你身邊的什麼人相關。也許就能找到許開田為什麼會幫你了。」

傅華聽了說：「你這個主意倒是可以試一試，我還真沒想過要查許開田的資料呢。」

於是，他就在床上打開了馮葵的筆電，搜索了一下許開田這個名字。

許開田的履歷就馬上被列了出來，一看這份履歷，傅華馬上就明白了，許開田進東海省工作前，大部分的經歷都在雲城市，而傅華跟雲城市扯得上關係的只有一個朋友，那就是項懷德。

項懷德身為雲城市不冒煙的財主，肯定跟雲城市大小官員都有交好，想來許開田也不例外。

馮葵也注意到許開田的背景了，看著傅華猜測說：「搞不好是項董在背後幫你的。」

傅華說：「我猜也是這樣。這個項董也是的，他要幫我明著來嘛，這麼偷偷摸摸的，他也不怕我不認這壺酒錢。」

馮葵笑說：「我記得當初某人可是拒絕了項董的幫忙的。你也不用小肚雞腸的猜測項董是想要你幫忙才這麼做的，我估計項董不願意暴露自己，也是怕你有這方面的誤會吧？」

傅華苦笑了一下，說：「他不想暴露出來，但是我不能裝不知道啊，這個項董，我真是服了他了，他算計人還真是有兩下子。他這麼一搞，我就是再不甘願，恐怕也得陪他走一趟香港了。」

傅華是知恩圖報的人，既然知道項懷德幫了他的忙，他必須要有所回報才行。

馮葵卻說：「老公，我覺得你沒有必要馬上就去跟項董表明你要幫他引薦香港那幫朋友。」

傅華愣了一下，說：「什麼意思啊？」

馮葵知道項懷德幫傅華的目的，還是想用情面拽著傅華不得不幫他解決香港上市的問題。說到底項懷德是算計了傅華，這讓她心裏有些不舒服，她不希望傅華受到任何傷害，就算是項懷德這種算計幫了傅華也不行。

馮葵促狹的說：「我的意思很簡單，既然項董不肯露面，你就捉弄他一下好了。」

傅華看出馮葵又有歪點子了，笑笑說：「怎麼捉弄他啊？」

馮葵促狹地說：「你什麼都不用做，就裝糊塗好了，你就裝不知道項董跟許開田的關係，既然你不知道他們的關係，自然就無法去向項董表示感謝了。他如果真的要求你幫忙，就會自己跟你說這件事的，他這個好人就裝不成了。」

傅華笑了起來，如果他像馮葵說的那樣裝糊塗下去的話，項懷德一定會沉不住氣的，因為項懷德做這些事都是為了爭取集團香港上市，對項懷德來說當然是越快進行越好。

項懷德不得不主動跳出來說是他幫了傅華，這樣一來，項懷德的幫忙就有了陰謀的意味，他就無法以恩人的面目出現在傅華的面前，雖然最終傅華還是不得不幫忙項懷德，但事情的主動權卻轉到了傅華的手中。

傅華親了馮葵的鼻子一下，說：「你這個鬼靈精啊，這麼一搞，項董估計會急得跳腳的。」

馮葵笑笑說：「管他呢，誰讓他跟你玩心機算計你？小小的教訓他一下也是應該的。」

傅華笑說：「行，我就按照你說的這麼辦，急死項董這隻老狐狸。」

傍晚時分，傅華從馮葵家離開回到家。一進門，驚訝的看到鄭莉居然回來了，這可是最近難得一見的情形，鄭莉通常都是忙到很晚才回來。

鄭莉這麼早回來，反而把傅華鬧得有點尷尬。他才跟馮葵溫存過，馮葵給他的感覺還沒完全消散呢，此刻看到鄭莉，心裏難免有些許的內疚。

鄭莉看到傅華回來，很高興的迎了過來，說：「老公，你回來了。」

這又是一個意外，鄭莉好久沒對他這麼親熱了，該不會鄭莉已經知道他復職的事了，就笑笑說：「你知道我要回駐京辦了？」

鄭莉卻愣了一下，說：「你要回駐京辦了嗎？我不知道啊，什麼時候的事啊？」

傅華這才明白他表錯情了，鄭莉這麼高興並不是因為知道他復職，而是因為別的事情。說：「就今天的事情，上午市裏面通知我的。」

鄭莉並沒有表現出興奮的樣子，淡淡的說：「復職了也好，省得你天天在家睡懶覺，我看你再睡下去，整個人都廢了。」

看鄭莉對他復職這件事這麼淡漠，讓傅華感覺很受傷。心說：你看我都快廢了，卻一點要幫我振作起來的意思都沒有，看來我已經遠遠不及你的時裝設計工作重要了。

傅華看了鄭莉一眼，說：「你剛才是因為什麼事情這麼高興啊？」

聽傅華問起，鄭莉臉上又重新神采飛揚了起來，說：「老公，我跟你說，我受邀參加米蘭時裝周，要登上國際舞臺了。米蘭時裝周今年主打中國風，和中國商務部聯合籌辦這一次的活動，我是被邀請的設計師之一。」

作為世界四大時裝重鎮之一，米蘭時裝周一直被認為是時裝設計和時尚潮流的晴雨錶，鄭莉能夠受邀去參加是莫大的榮耀。

但傅華在替鄭莉高興的同時，心中也有些落寞，鄭莉的世界現在是越來越精彩了，相對他這個做老公的，就越來越被邊緣化了。

傅華笑了一下，說：「恭喜你了，小莉，要去多久啊？」

鄭莉說：「要一個多月吧。」

傅華愣了一下，說：「怎麼要去這麼久啊？」

鄭莉興奮地說：「我的時裝發佈會倒不會時間很長，不過，米蘭時裝周是世界頂級品牌和大牌設計師的超級聚會平臺，每年來參加的都是代表國家並在本國是非常有影響力的品牌，參加的設計師也是本國頂級的設計師，並且一定要經過時裝周評審團的資格審評才行，這樣的學習機會實在很難得，我當然要在那裏多逗留幾天了。你不會不放我去吧？」

「你有這樣的機會我高興還來不及呢，又怎麼會不放你去呢！只是聽說義大利的男人都很浪漫，長得又帥，你可別在那裏流連忘返啊。」傅華開玩笑說。

鄭莉笑說：「去你的吧，我們都是老夫老妻了，你還開這種玩笑。」

鄭莉為了慶祝，晚餐特別多加了幾個菜，還開了瓶紅酒，鄭莉在餐桌上大談特談米蘭時裝周的一些逸聞趣事。

傅華看鄭莉這麼興致勃勃的樣子，心中的落寞感越來越大了。今天也是他復職的日子，他經過好大的折騰才又重新回到工作崗位，而鄭莉卻隻字未提，似乎也不值一提。

沒有一個男人這麼被忽視還能高興得起來的，傅華有些氣憤，差點脫口想問鄭莉：比起她的時裝周來，他這個老公在她心目中又被擺在什麼地位上？沉吟了一下，傅華最終還是把這個問題咽在肚子裏了，如果他真的這麼問，今晚這一頓飯將會不歡而散，他還是不要掃興的好。

晚上，傅華洗了個澡就上床準備睡覺，明天要恢復正常的作息時間，一大早得去駐京辦上班，因此想早點休息。

剛躺下來不久，鄭莉也沖完澡過來躺在他的身邊，突然伸過手來撫摸他。他很快在鄭莉的撩撥下有了反應。然而，一來他白天已經跟馮葵纏綿過了，二來，他也有些反感鄭莉長時間對他的冷淡，所以雖然也盡了全力，但感覺卻不是那麼美好。

完事後，鄭莉很快就睡了過去，傅華卻久久不能入眠。又開始思索起他和鄭莉以及馮葵三人的關係來。

鄭莉的事業越來越好，未來她還會甘願守在他的身邊嗎？而他雖然對鄭莉變得越來越自我中心有些無奈，卻也不想改變現狀。鄭莉是他的妻子，也是他兒子的母親，這雙重的角色導致沒有一個女人可以取代鄭莉在他心目中的地位。馮葵的出現，是對傅華婚姻的一種良性補充，有了馮葵的補足，他對鄭莉的不滿就消除了很大一部分。

他很享受目前這種三角關係，數學上不是講三角是一個穩定的平面嗎，那還是不要打破這個平衡吧。

第二天一早，傅華來到駐京辦，到海川大廈時，駐京辦的工作人員都等在門口了。

連林東也在門前等著他，見到他還第一個迎上來跟他握手，笑說：「傅主任，歡迎您回來啊。您不在的這些日子，大家都有一種缺了主心骨一樣的感覺。」

傅華些詫異的看了林東一眼，一直以來，林東是最想取代他的一個人，怎麼今天卻改性了，居然會對他說出這麼諂媚的話來。

傅華注意到他的眼神掃過林東的時候，林東眼中明顯閃過一絲恐懼之感，這時他忽然想起了胡瑜非跟他講的那幾句話：一個主政者讓人愛你僅僅是維護地位的其中一面；另一個更重要的是要讓人畏懼你，只有讓別人畏懼你，才是能夠維護地位的根本因素。

胡瑜非說的還真有道理，你不夠狠辣，他們就會感覺惹了你也沒什麼大不了的，也就敢隨便的拿捏你了。現在自己狠辣起來，他們就開始討好你了。

這個世界真是滑稽，你做好人，別人會想盡辦法來欺凌你；你做了惡人，他們反而在你面前服服貼貼的了。真不知道是該做好人好呢，還是該做惡人好。

傅華笑說：「老林，你也太誇張了一點，我還沒這麼重要吧？」

「哪裏，」羅雨說：「林副主任說的一點都沒錯，您不在的時候，我們駐京辦就像少了什麼一樣。」

傅華看向羅雨，羅雨的神情倒是有幾分真切的意味，看來他是真的歡迎他回來的。

傅華跟羅雨握了握手，說：「這世界沒有了誰還是轉的，不過我還是很高興能夠再次跟大家一起共事。」

傅華和工作人員一一握了握手，大夥這才各自回辦公室工作去了。

第二章 爛尾收場

高芸說：「這個女人還真是厲害，
居然能夠將半死不活的修山置業溢價了兩億多出手，
估計這會兒不知道在哪裏偷著樂呢。
不過你們海川恐怕就要倒楣了，
那個灘塗地塊已經被喬玉甄利用完了，
看來肯定會爛尾收場了。」

傅華回到自己的辦公室，一切是那麼熟悉，好像什麼都未曾改變一樣。剛坐下來，電話就響了，是章鳳打來的。

「姐夫，咱能不能不玩這種一會被免職一會又被復職的遊戲啦？你折騰的累不累啊?!跟你說，我這次不再送花給你了，反正你也會回來的，我就不浪費那個錢了。」章鳳開玩笑說。

傅華聽了，笑說：「我也覺得老這麼折騰沒什麼意思，不過事情可由不得我做主，我從來都不想折騰的，不過是被迫迎戰而已。」

章鳳笑笑說：「不管怎麼說，還是歡迎你回來。」

這世界上，不管發生了什麼事，總還有一些人是支持他愛護他的，就像趙凱、章鳳這些人。傅華心中感覺到了一絲暖意，說：「謝謝了。」

章鳳說：「別這麼客氣了，有時間多回去陪爸爸吃頓飯吧，他最近老念叨你。」

雖然通匯集團賣掉了海川大廈的股份，但是經營形勢並沒有好轉多少，作為當家人的趙凱被弄得焦頭爛額。這次被免職，傅華一直不想讓趙凱知道這件事，就是不想讓自己的事再去給趙凱添堵。

傅華趕忙說：「誒，你不會把我的事告訴了爸爸吧？」

章鳳說：「當然沒有了，他已經夠煩的了，他念你只是有點想你了。你的問題現在已經解決了，也該回去看看他了吧？」

傅華答應說：「行，我會回去看爸爸的。」

章鳳掛了電話，傅華收拾好心情開始辦公。

臨近中午，高芸捧著一束鮮花走進了傅華的辦公室，說：「你這個傢伙，真是不夠意思啊，今天復職也不跟我說一聲，還是高原告訴我你回來了，我才知道的。」

傅華低調地說：「這也不是什麼特別光彩的事，沒必要廣而告之的。你也是的，來就來，還花錢買這種華而不實的禮物幹什麼啊？」

高芸笑說：「這是一個彩頭，為你去去晦氣，省得以後再有小人惦記著你，算計你。」

傅華好笑地說：「你也信這個？」

高芸說：「信不信都無所謂了，求個心安而已。誒，你這傢伙啊，說起來你還欠我一頓飯啊。」

上次在馮葵家中，傅華接到高芸的電話，答應高芸會跟她一起吃飯的，其後因為種種原因，這頓飯一直沒吃成。

傅華說：「你還記得啊，行，今天就一起吃飯吧，當我兌現了承諾。」

高芸卻說：「今天肯定不行，我今天來是專程為你慶祝復職的。說吧，你想去哪裏吃，可別跟我說你想在海川大廈吃啊。」

傅華笑笑說：「我還真是好些天沒在海川大廈吃飯了，挺想這裏的飯菜呢。不過你高大小姐既然發話了，那就換地方好了，你說去哪裏好呢？」

高芸提議去「北京飯店」吃譚家菜，傅華說：「不用這麼隆重吧？就我們倆人，要不叫上胡東強吧？」

高芸白了傅華一眼，說：「傅華，你再拿胡東強跟我開玩笑，別說我跟你翻臉啊。」

傅華看高芸一副柳眉倒豎、杏眼圓睜的惱火樣子，趕忙陪笑說：「好，不說就不說。要去北京飯店的話，還是趕緊走吧。」

兩人就離開海川大廈去了「北京飯店」。

坐定後，高芸說：「剛才在駐京辦我不好說，現在在這裏我可以說了。傅華，你這一次玩得很漂亮啊，一個市委書記就這麼報銷在你手裏，你是不是心裏很自豪啊？」

傅華笑笑說：「高芸，你怎麼一點同情心也沒有啊，人家現在可是重度中風患者啊。」

高芸打趣說：「別假惺惺了，人可是被你弄成那個樣子的，你這時候還談什麼同情心啊？」

傅華反駁說：「他中風有很大一部分是他自身的原因造成的，與我無關。倒是你，一個女人家能不能別老關注這些，讓你一點女人味都沒有了。」

高芸斜睨了傅華一眼，說：「這麼說你希望我身上多點女人味了？可以啊，我以後會往這方面改善的。」

高芸顯出溫柔的小女人架勢，讓正在吃菜的傅華差一點被噎著，接連咳嗽了好幾聲才恢復正常。

高芸眼睛瞪了起來，說：「傅華，我就那麼不堪嗎？你是故意的吧？」

傅華告饒說：「高芸，你還是恢復本色的好，別委屈自己去做什麼，要不然會讓大家都感覺很彆扭的。」

高芸嘆了口氣說：「看來你對我的定位就是一個強悍的女人了。」

傅華說：「你管理和穹集團那麼多資產，就是想不強悍也不行啊。這就是你的命運，改變不了的。」

高芸說：「可是有時候我感覺很累，只想做個小女人，依偎在自己喜歡的男人身邊，什麼都不用想，什麼都不用做，就這樣子過舒心的日子。」

傅華笑說：「這是不可能的，你會為你喜歡的男人燒菜做飯洗衣鋪床嗎？這些瑣碎的事你都做過嗎？沒有吧？」

說到這裏，傅華突然意識到他為什麼接觸的女人都是女強人了，因為工作的關係，他接觸的都是社會的精英階層，這些人本身就很出類拔萃。一個男人有這樣的表現，人們只是覺得他優秀而已，而一個女孩子有這樣的表現，不就是所謂的女強人這一類的人嗎？

高芸想了一下，說：「這些事情我從小都沒做過，真要我去做，我也會頭疼的。」

傅華笑笑說：「這不就結了嘛，你除了做你的女強人沒別的出路。不過你也不用擔心，總會有男人喜歡你這型的。」

高芸挖苦說：「你又要說胡東強了是吧？」

傅華笑說：「這可是你說的啊。東強那人還真是不錯，他現在……」

「好了好了，」高芸打斷了傅華的話：「你怎麼就不明白啊，兩個人在一起並不是說對方不錯就可以的，而是要有那種心動的感覺。」

傅華默然了，這世界上是沒有十全十美的，人生總是有這樣那樣的缺憾。高芸這些女強人在社會上叱吒風雲，風光無限，但是生活中卻很難找到一個能夠讓她們心動的男人。

同時，她們的成功也抬高了她們的眼界，就越看不起身邊的那些凡夫俗子了。因此有時反而是平庸些的女子更容易找到幸福，她們對世界的要求不高，只要找到的是一個正常的男人，能夠養家糊口，她們可能就很滿意了。

傅華明白高芸對他有特別的情愫，不過他卻無法回應高芸，首先他有婚姻，這是一道難以逾越的鴻溝，雖然高芸表現得好像並不在乎這個，但是高穹和肯定是不會讓女兒去跟一個有婦之夫勾三搭四的；再是，傅華已經有了馮葵，他的生活已經夠亂了，可不想再去招惹別的女人。

高芸看傅華的表情，明白傅華在想什麼，高芸也不想給傅華太大的壓力，把傅華逼得離開她身邊，僅僅在一起聊聊天吃吃飯，也讓她感覺到很舒服，她希望這種狀態能夠維持下去，就笑了一下，說：

「好了，你不用這麼害怕，我沒想要你做什麼的，我們能夠這麼偶而坐著聊聊天就挺好的。你知道嗎，我跟你在一起的時候，總有一種心安的感覺，讓我感覺特別的放鬆。」

傅華取笑說：「這是不是說我很安全無害啊？」

高芸斜睨了傅華一眼，說：「我倒想要你有害，但是你可以嗎？」

看高芸春情流動，媚意十足，傅華只能乾笑著搖搖頭。

高芸感受到傅華的尷尬，便轉移了話題，說：「誒，傅華，你知道嗎，喬玉甄將修山置業出手了。」

傅華愣了一下，修山置業有不少的問題需要解決，灘塗地塊開了個頭就再無進展，土地出讓金至今也還沒繳清，喬玉甄在這時候將修山置業賣掉，顯然是想金蟬脫殼。便說：「你是說她將修山置業賣了？」

高芸點點頭，說：「對啊，她將修山置業賣給一家大型國企的分公司，這個女人還真是厲害，居然能夠將半死不活的修山置業溢價了兩億多出手，這下子她真是賺得盤滿碟滿，估計這會兒不知道在哪裏偷著樂呢。不過你們海川恐怕就要倒楣了，那個灘塗地塊已經被喬玉甄利用完了，繼續發展下去的可能性不大，看來肯定會爛尾收場了。」

傅華早知道喬玉甄購買修山置業絕非是真的看好它，而是利用修山置業往外套取大量的資金，現在大筆的國有企業資金就通過這樣的手法進入了私人的腰包。

喬玉甄也是夠黑的，居然一倒手就賺到了兩億多，這可是國家的錢啊，就這麼被這些蛀蟲內外勾結輕易的賺走；但這並不是傅華這個層次的人能夠干涉的，他也不想再去摻和喬玉甄的事了。

傅華看了看高芸說：「你跟我說這個是什麼意思啊？難道你們對這塊灘塗地塊感興趣？」

高芸點點頭說：「被你猜中了，早在跟喬玉甄競標這個地塊的時候，我們就對這個項目做過全面的評估，我們認為這個項目運作好的話，有很大的利潤空間。所以我想讓你幫我留意一下，看看你們海川市什麼時候要把這塊地重新拿出來競標。」

傅華笑說：「你怎麼知道海川市一定會把這塊地重新拿出來競標？也許修山置業的新買家要留著開發呢？」

高芸肯定地說：「那是不可能的，他們這些大型國企只會靠著壟斷賺錢，你想讓他們經營好一個房產項目根本就不可能，何況這個地塊項目本身就很難搞。再說，這家公司為了買修山置業已經花費了大量資金，修山置業還欠海川市大把的土地出讓金沒交齊呢，所以這家公司根本就沒有能力來搞這個項目的。」

傅華聽了笑說：「看來你們和穹集團是早就準備撿這個便宜了？」

高芸說：「商人逐利，這也是正常的行為。」

傅華笑說：「行，這事我會留意的，交給你們集團開發也比較靠譜。」

高芸說：「就是啊，我們是實實在在的開發，不像喬玉甄是為了炒高股價賺錢。」

這塊灘塗地的確要靠和穹集團這種實力強大的公司來運轉，才能真正地發展起來，傅華便答應說：「行，有消息我會通知你的。」

吃完飯，高芸回和穹集團，傅華回到了駐京辦。

他有些犯睏，這段時間他睡懶覺睡慣了，往常這時候他才剛起床不久呢，一下子恢復正常的上下班作息時間，他還真有些受不住。

這時聽到有人敲門，傅華一邊打著哈欠，一邊說：「進來。」

一臉笑容的項懷德出現在傅華的面前，傅華有些驚訝，這傢伙還真是夠沉不住氣的，才沒幾天就闖上門來了。

傅華趕忙迎上去說：「項董，是什麼風把你吹來了。」

項懷德看了傅華一眼，打趣說：「看你哈欠連連的，昨晚沒睡好啊？」

這段時間，項懷德一直在關注著傅華的動態，照說，在省紀委傳出許開田要給傅華翻案的事後，傅華就應該會注意到許開田的。他只要看到許開田的資料，就應該知道其中的原委。

按照項懷德的估計，傅華知道其中原委後，應該主動跟他聯繫表示感謝才對。但是他卻遲遲沒有收到傅華的回應。

項懷德隱約猜到傅華這是在裝糊塗，他就有些沉不住氣了，如果傅華一直裝糊塗下去，那他的目的根本就無法實現。這傢伙有夠狡猾的，這是逼著他主動上門求告啊。

項懷德權衡之後，決定不擺架子等著傅華上門來，乾脆主動找上門去好了，現在是他急需要上市籌資，著急的是他，傅華可以等，他卻不能等。因此項懷德馬上就飛來了北京。

項懷德笑笑說：「也沒什麼，就是來北京辦事，正好聽朋友說你復職了，就過來看看。」

項懷德這話隱含著一個陷阱，只要傅華提到許開田的名字，下面他要說的話就順理成章了。

偏偏傅華猜測出這隻老狐狸的意圖，故意不去搭腔，而是笑笑說：「快請坐，快請坐。」把項懷德的話回避了過去，搞得項懷德無可奈何，只得跟著傅華去沙發上坐了下來。

傅華就給項懷德斟了一杯茶，遞給項懷德。

項懷德說：「怎麼樣，復職之後重新上班還習慣吧？」

傅華笑笑說：「還行了，誒，項董您這次來北京是做什麼啊？」

見傅華一直回避話題，項懷德只好直擊問題的核心，說：「傅主任，你這樣就沒意思了吧？你明知道我來是為什麼的，話說我總是幫了您的，許開田為什麼幫你你知道嗎？那是我特別拜託過他，他才會幫你撤銷了這份免職決定的。」

傅華看項懷德轉換策略，直接把問題攤開來，就不好意思再裝糊塗下去，但他又不甘心就範，就說：「原來是項董是為這個來的，您是想聽我當面說聲謝謝啊，可以啊，謝謝您了。」

項懷德白了傅華一眼：「這件事豈是說聲謝謝就能夠了結的？」

傅華故意反問說：「那項董想怎麼了結啊？」

項懷德無奈地搖頭說：「好吧，我承認我讓許開田幫你，是為了你能出面幫我們公司上市，這裏面是有我的算計。但我還是希望傅主任幫我這個忙。如果你還是不肯的話，那你就當我項懷德今天沒來過好了。」

傅華打趣說：「那您豈不是白幫我了？」

項懷德說：「我幫人也不是不分對象的，所以即使幫了你我沒得到什麼回報，我也並不後悔，因為我幫到的是好人。」

傅華笑說：「項董這是變相說我沒人情味了。項董，我這人還不至於那麼差勁，我不會受人恩惠不知道回報的。你不是要見江宇嗎？這我倒是可以安排。不過見了面之後，江宇願不願意出手幫您，這我就不敢保證了。」

項懷德高興地笑說：「行，你只要介紹我們認識就行，其他的事就不用你管了。」

傅華又說道：「再是，項董，以後不要再跟我玩這種趕鴨子上架的把戲了，這次你雖然幫我恢復了職務，卻讓我心裏很不舒服。」

項懷德尷尬地說：「這也是沒辦法的事啊，我不逼你一下，你也不肯幫我。傅主任，你和我的來往時間還短，可能不了解我這個人，不過你問問馮董就會知道，我這個人不會讓人白幫忙的。」

傅華搖頭說：「項董，你始終不明白這件事的重點，如果這是一件正當的事，我沒有理由不幫你的，但正是因為這件事並不正當，某些地方還存在嚴重的違規性。香港的法律可不比大陸，對這方面管理的相當嚴格，您一旦陷進去，恐怕就很難撈得出來了。」

項懷德不以為意地說：「這裏面的風險我很清楚，所謂富貴險中求，不管這中間發生什麼事，責任都是我項懷德的，絕不會怪你一丁點的。」

項懷德既然這麼說，傅華就拿出手機，撥了江宇的號碼。

一會兒，江宇的聲音就從電話裏傳了過來。

「傅先生，想不到還能接到你的電話，真是難得。」

傅華很佩服江宇的記性，他跟江宇的接觸才短短幾個小時而已，江宇竟然還記得他。他笑笑說：「想不到江董居然還記得我啊。」

江宇說：「我們也算是賭場上一起賭過的朋友，怎麼會忘記你呢。您找我有什麼事嗎？」

傅華說：「有點事情想要麻煩江董，我有一位朋友想去香港拜訪一下您，談有關公司上市的事。」

江宇沉吟了一下，說：「既然是你的朋友，你就帶他過來吧，電話裏說不方便，我們見面再聊吧。」

傅華說：「行，江董，那我到香港後再跟你聯繫。」

江宇就掛了電話。

項懷德衝傅華豎起了大拇指，說：「傅主任果然厲害，幾句話就把事情搞定了。」

傅華笑了一下，說：「你先別高興，事情還是剛開始，麻煩還在後面呢。」

項懷德笑笑說：「這個我有心理準備，好了傅主任，我要馬上回去準備去香港的事了。你去香港的費用我會全力負擔的，您還有什麼需要跟我說，我會都幫您辦好的。」

傅華有些為難地說：「別的都好說，就是我剛剛復職，沒什麼理由去香港，這個假不好請。」

項懷德想了想說：「這個簡單，你就說去香港引進項目，你放心，我不是空口說白話，等我跟江宇談妥了，拿到資金，我會在海川投資建廠的。」

傅華笑了一下沒說什麼，心裏暗道：你跟江宇能不能談攏還是個問題呢，現在跟我做的承諾還不是一句空話。

項懷德就滿心歡喜的離開了，傅華看看時間差不多到了下班時間，就收拾了一下準備回家。

在海川大廈一樓大廳，傅華迎面正碰到往裏走的何飛軍，傅華打招呼說：「何副市長，您怎麼回來了？你不是應該在黨校學習的嗎？」

何飛軍看了一眼傅華，眼神中充滿了厭惡，但是他心中對傅華有些畏懼，儘管吳老闆已經將二百萬的餘款匯給了歐吉峰，他出任營北市市長的任命馬上就要下來了，但是他還是不敢大意。

何飛軍說：「傅主任是不是忘記了，今天週五啊。」

傅華拍了自己腦袋，說：「我真是過糊塗了，都忘了明天是週末了。」

何飛軍笑笑說：「你這是貴人多忘事了，誒，傅主任，還沒恭喜你復職呢。」

傅華說：「這也沒什麼好恭喜的，還不是要繼續為領導們服務。」

兩人又閒聊了幾句，就分手各奔東西了。

何飛軍回到他在海川大廈的房間，洗了個澡，躺在床上休息。這時，他的手機響了起來，看看是顧明麗的，趕忙接通了。

顧明麗說：「老公啊，吳老闆可是把錢給歐吉峰了，你有沒有聽到進一步的消息啊？」

何飛軍煩悶地說：「沒有啊，我讓朋友去省委組織部問過了，還沒有進一步的消息，回頭你讓吳老闆問一下歐吉峰，看看究竟什麼時間任命書才會公佈啊？」

顧明麗安撫說：「老公，沉住氣，我想也該很快啦。」

何飛軍說：「是啊，應該快了。誒，海川那邊你找的那幫人怎麼說？」

顧明麗說：「還沒有進展，他們一直跟我說孫守義那邊根本就沒什麼情況。老公啊，是不是孫守義私生活很檢點啊，要不然怎麼會這麼久也沒發現什麼？」

何飛軍懷疑地說：「不對，孫守義這傢伙一定有問題，不說別的，一個男人孤身在異地，這麼長時間沒女人怎麼能熬得住啊？」

「你什麼意思啊？」顧明麗警惕起來，說：「你在北京的時間也不短，有沒有背著我在北京跟什麼女人勾搭啊？」

何飛軍立即否認說：「這我哪敢啊？再說，我有你就足夠了。」

顧明麗說：「這還差不多。」

何飛軍說：「好了，我跟你說正事呢，現在孫守義正是在升遷的關鍵時期，找到了他的錯處，就能讓他無法成為這個市委書記了。」

顧明麗說：「我也想啊，我一想到這傢伙教訓我的那副嘴臉，心裏氣就不打一處來，真想把這傢伙整得跟金達一樣，躺在床上不能動。」

何飛軍說：「你以為你是誰啊？你能有傅華那兩下子嗎？誒，我今天碰到傅華了，這傢伙剛復職，一副小人得志的樣子，看著就可恨。」

顧明麗說：「他可恨是一回事，你可別去招惹他啊，這傢伙手段太黑，別惹了他給自己添麻煩，現在這個時期很重要，萬事小心為妙。」

何飛軍說：「這還用你說，我對那傢伙很小心呢。誒，明麗啊，你說是不是你找的那幫人能力太差了啊，拿你的錢不辦事，所以才會找不到孫守義的錯處？」

顧明麗想了想說：「應該不會，我找的這幫人在海川市做私家偵探這一行中算是最好的了，他們都找不出來的事，別人也找不出來的，所以我才會懷疑孫守義根本就沒有小三，也許他在那方面的需求很低呢？」

何飛軍笑了起來，說：「這種可能性很低，找不出他的把柄只是他隱藏得很好罷了，你還讓那幫人繼續跟著他，老虎也有打盹的時候，說不定什麼時間一疏忽，就露出馬腳了。」

顧明麗聽了說：「要不這樣，既然你敢肯定孫守義一定有情人，那我換幫人試試吧，所謂的換手如換刀，也許換幫人能夠有新的發現呢。」

何飛軍說：「對，換換人，現在用的這幫人可能思維已經成了定勢，老是用一個角度去看孫守義，所以才發現不了什麼。換了人就換了角度，也許真的會發現什麼也難說。」

顧明麗點點頭說：「那行，我就換幫人試試。」

海川市，市長辦公室。

孫守義正在聽取財政局局長彙報工作，財政局長特別提到了修山置業欠繳土地出讓金的事。

現在金達中風了，再回來工作的可能性基本上為零，財政局局長認為一些原本金達安排的事必須要儘快予以處理，否則查下來，他也要負責的。

財政局局長說：「市長，我跟修山置業的人聯繫，催他們繳納土地出讓金。他們說剛剛換了新老闆，現在正在交接當中，很多事都沒頭緒，讓我們再等等。」

「換了新老闆？」孫守義抬頭看了財政局局長一眼，問道：「喬玉甄將修山置業出手了？」

財政局局長說：「對啊，喬玉甄將修山置業賣給了中國儲運總公司東海分公司了。」

中字頭的公司啊？孫守義眉頭皺了起來，這種國家級的大型國企在地方上總是有一種優越感，似乎比地方上工作的同志高出一籌一樣。喬玉甄將修山置業賣給這樣一家公司，海川想追討土地出讓金的難度就會又加大了。

對於修山置業欠繳土地出讓金的事，孫守義心中也很著急想要處理掉。雖然當初是金達主導下辦的，但是孫守義也從旁提供了不少幫助，他很擔心有心人會拿這件事做他的文章。

雖然趙老告訴他，經過一些協調和利益交換，呂紀答應會讓孫守義接替金達出任海川市市委書記。但是這並不保證他就一定會順利的成為市委書記；尤其是傅華這傢伙在一旁虎視眈眈的，因此孫守義便催著財政局長想辦法讓修山置業趕緊交足土地出讓金，沒想到居然橫生枝節，喬玉甄抽身而去，修山置業被中儲運總公司的東海分公司給買了去。

孫守義感覺有點左右為難，不催繳吧，好多有心人都在盯著他；但是催繳吧，中字頭的公司可不是好惹的，說不定錢要不回來不說，還會因為跟中儲運總公司發生衝突而影響到他的工作和前途。

孫守義心中暗罵金達，麻煩是金達惹出來的，現在他卻要給金達擦屁股，真是倒楣。孫守義想了想，覺得此刻還是一動不如一靜，修山置業的問題應該解決，但是不代表非要在這一刻解決不可，可以拖過這段敏感的時間再說。

拖字訣向來是官場上常用的一門法寶，一些難題往往可以通過拖延把大事化小，小事化無。所以孫守義覺得這次他還是用拖字訣來應對吧，就對財政局長說：「既然修山置業還在交接當中，這件事就暫且放一放吧。不過你們財政局還是要記著這件事，一旦他們交接完畢，就趕緊催繳土地出讓金。」

財政局長領命而去，孫守義繼續他的工作，他現在還代理市委書記的職務，市委市政府的工作都要他來處理，真是一刻也不得閒。

一直忙到下午下班，孫守義才疲憊的從椅子上站了起來，活動了一下腿腳。這還不是他一天的工作結束，晚上他還有一個晚宴要參加。

等孫守義應酬完回到住處，已經晚上十點多了，他看著冷清清的房間，苦笑了一下，此刻他疲憊不堪，連洗漱都沒有就上了床，準備休息睡覺。

但真要躺下來，孫守義又睡不著了，心中有一股莫名的煩躁情緒，攪得他翻來覆去的，就是無法安心的睡著。孫守義知道這是他想要跟劉麗華幽會

的反應了。

金達中風後，他為了不在這個敏感的時期出什麼岔子，暫時中斷了跟劉麗華的幽會，但是他已經習慣了劉麗華的陪伴，一下子改變，身體上就很難接受了。

在床上翻了半天，孫守義坐了起來，他走到窗邊看向窗外，外面大街上冷冷清清，一個人影都沒有，只有偶爾經過的車子飛速的開過。孫守義心說：這夜深人靜的時候，應該沒有人再來關注他了吧？並且顧明麗找來跟蹤他的那幫私家偵探也已經被他給收服，那他又何必這麼戒慎恐懼，連跟劉麗華幽會都不敢呢？

孫守義把心一橫，又往大街上看了一眼，確信沒人會注意他了，就出門搭上計程車，直奔劉麗華家而去。一路上倒也沒有什麼特別異常的車輛和人在他附近出現，孫守義覺得這一晚應該是安全了。

計程車很快就到了劉麗華的社區，孫守義腦海裏已經浮現出劉麗華那美妙的身體了，就付了錢準備下車。

恰在此時，孫守義的電話響了，是一個十分陌生的號碼，孫守義遲疑了一下，這個號碼只有親近的人才知道，因此這個陌生的號碼就顯得很奇怪了，尤其還在這個深更半夜的時候打來。

孫守義有心不接，但是又擔心打電話的人有什麼重要的事，想想還是接通了。

「哪位找我？」

一個很陌生的男子聲音說：「孫市長，你千萬別下車，趕緊掉頭回去，你後面有人在盯梢。」

打電話的人準確的叫出他的身分，又說有人在盯梢他，孫守義被嚇壞了，原本要下車的他，身子又縮了回來，坐在車裏小心的看向四方，果然發現在不遠處一個街角，有一輛車停在暗影處，看上去很像在盯梢的樣子。

計程車司機看孫守義不下車，有些奇怪的看著孫守義，說：「先生，還有什麼事嗎？」

此刻孫守義哪敢拿他的仕途開玩笑啊，掃了一眼司機說：「麻煩掉頭，我想起我忘記拿一件東西了，要趕緊回去拿。」

司機樂得再賺孫守義一筆，方向盤一打，車子就掉頭往回開了。

孫守義這時才問對方是誰，電話那頭的男人笑了一下，說：「我姓丁，就是上次盯梢被您抓到的那個。」

孫守義愣住了，說：「怎麼是你啊，我還以為今天的事是你幹的呢。怎麼一回事，今天盯梢的又什麼人啊？」

姓丁的說：「我哪敢再盯您的梢啊，今天盯梢的這幫人跟我不是一路的，是委託我的那個女人另外找的人。那個女人嫌棄我們這麼久沒抓到您的把柄，就辭退了我們，換了另外一幫人。」

孫守義心裏暗恨，這個顧明麗還真是有如噬骨毒蛇，咬住他就不放口了。這個女人還真是個禍根。

不過孫守義奇怪為什麼這個姓丁的會主動給他通風報信，就問道：「你想幹什麼啊，為什麼會打電話來通知我？你又是怎麼會知道我的電話號碼的？」

姓丁的說：「你的樣子很容易就被認出來，認出您，再查您的電話號碼就輕而易舉了。至於我為什麼會通知您，很簡單，我就是不希望那女人找的這幫人能從您那裏抓到什麼，那樣豈不是說我姓丁的沒用了？在海川偵探業我才是第一把手，我不希望被人超越。」

孫守義明白這個姓丁的心裏在想什麼了，姓丁的在偵探業算是頂尖人物，他查了半天都沒查出來的事，換了別人馬上就查出來，那姓丁的臉還往哪兒擱啊？他的招牌就算是砸了。因此他寧願通風報信，也要攪了新來那幫人的好事。

孫守義覺得他不能再任由這種事態發展下去，不然他會始終生活在被盯梢和被抓到把柄的恐懼氛圍中，可是要怎麼處理好呢？

孫守義心裏快速想了一下，馬上就有了主意，於是對姓丁的說：「謝謝你了小丁，誒，你知道今晚跟蹤我的這幫人是誰嗎？」

姓丁的遲疑了一下說：「這個我倒知道一點，只是，你想要這個幹什麼？」

孫守義說：「我想幹什麼你很快就會知道了，你把他們的情況跟我說一下吧。」

姓丁的就說了那幫人的情況，孫守義記下了為主的那個人的名字，然後說：「行了，我知道了。小丁，最近市裏可能要採取一次大的整頓活動，你出去散散心好了。」

孫守義這是提醒姓丁的出去躲一下，不要被整頓活動波及了。

這次他真是震怒了，準備要從這幫人下手，揪出幕後盯梢他的顧明麗。一個記者居然敢安排人盯梢市長，這絕對是一件轟動官場的大事，如果能將

顧明麗揪出來，孫守義的後顧之憂就可以清除掉，也可以將顧明麗這個女人趕出海川了。

姓丁的也是聰明人，笑了一下說：「我明白您的意思了，正好有一個朋友想請我去上海發展，我就去看看好了。」

孫守義說：「就是嘛，上海是國際性的大都市，發展機會肯定比海川要大多了。」

第二天上午，孫守義把公安局長姜非叫到了辦公室，說：「姜局長，我聽到下面工作的幹部跟我反映，說有一批不法分子打著私家偵探的旗號，從事不法的行為。這個情況你瞭解嗎？」

姜非點了一下頭說：「我聽說了，現在科技發達，什麼針孔攝影機啊，竊聽器啊隨便都可以買得到，加上很多人都有窺視癖，於是不法的竊聽和偷拍到處都是。前段時間還鬧出一個新聞，說是一個局長找人檢測了一下他的辦公室，居然發現了四個竊聽器，把那個局長嚇壞了。」

「有這麼猖獗？」孫守義皺著眉頭說。

姜非說：「這還是輕的呢，還有更嚴重的……」

「好了，我不想聽這些，」孫守義沒有興趣聽姜非講下去，打斷了姜非的話說：「姜局長，你就跟我說，這是否合法？」

姜非說：「這當然是不合法的，一些私家偵探的活動都是在打擦邊球，實際上是一種擾亂社會治安、侵害隱私權的行為。」

孫守義說：「那這件事情歸誰管呢？」

姜非說：「當然是屬於我們公安部門管理了。市長，您想怎麼處理這件事啊？」

孫守義憤憤地說：「怎麼處理還用說嗎？有人都把梢盯到我頭上來了，你說怎麼處理？」

第三章

扮豬吃老虎

馮葵幫腔說：「那次傅華正好碰到雎才燾，
本來也沒賭那麼大，是雎才燾以為自己穩操勝券，
就加大了籌碼，才把賭局給搞大的。」
馮玉清打趣說：
「雎才燾肯定不知道你這傢伙善於扮豬吃老虎。
誒，你贏的錢呢？」

「什麼?!竟有人把梢盯到您的頭上了，」姜非驚訝的問道：「誰膽子這麼大？」

孫守義就說了為首那個人的名字，然後說：「姜局長，我們絕不能讓這種違法行為猖獗下去，必須要嚴厲打擊。我要求你們公安部門馬上採取一次整頓行動，徹底清理這種違法亂紀的行為。我剛才跟你說的這幫人，我要你親自處理，相關的情況及時跟我彙報。」

孫守義之所以讓姜非親自抓這幫人，是擔心這幫人手裏有不利於他的東西，姜非是他的親信，會幫他做必要的掩飾工作。

姜非立即說：「行，我們公安部門馬上就採取行動。」

姜非回公安局立刻組織相關的整頓行動，由於目標明確，很快就取得極大的進展，一批打著私家偵探旗號的不法分子被抓了起來，其中就包括孫守義點名的那幫傢伙。

姜非為了慎重起見，親自審問了孫守義點名的那傢伙，他擔心會有什麼事涉及到孫守義。結果沒發現孫守義什麼見不得人的事，卻發現了一件更令人驚訝的事，那就是雇用這幫傢伙的人，居然是東海日報的記者顧明麗。

顧明麗是海川市副市長何飛軍的妻子。這究竟是顧明麗個人的行為，還是何飛軍支使顧明麗這麼幹的？這時候，姜非不敢隨便深究下去，就去找到孫守義，把瞭解到的情況跟孫守義作了彙報。

孫守義就是想把顧明麗給揪出來，但他自然不能表現出他早就知道是怎麼一回事，便皺了一下眉，一副困惑的樣子說：「姜局長，你說這件事可信嗎？顧明麗怎麼會做這種糊塗事呢？不會吧？」

姜非說：「這件事我可以確信，只是我不清楚這後面有沒有何副市長什麼事。」

「不會的，」孫守義搖搖頭，假意地說：「老何不會這麼對我的。」

姜非看了看孫守義，孫守義這樣是表示並不想把事件蔓延到何飛軍身上，就問道：「市長，那下一步我們公安部門要如何處理這件事？」

孫守義說：「既然牽涉到何副市長，你們應該慎重對待，這樣吧，我覺得是不是把顧明麗請去公安部門詢問一下，畢竟也不能單聽那個私家偵探的一面之詞，我認為也需要聽聽顧明麗的說法。不過姜局長，要注意保密，家醜不可外揚。」

姜非說：「我明白。」

姜非就回公安局，然後將顧明麗強制拘提到案。

顧明麗這個女人確實有兩下子，並沒有被嚇住，進了公安局，一口否認找私家偵探，更不承認要私家偵探幫她盯梢孫守義，反正一律否認到底。

顧明麗有副市長夫人的身分在，姜非也不敢對她採取什麼強硬措施，見撬不開顧明麗的嘴，只好把情況報告給孫守義。

孫守義聽了，問姜非說：「姜局長，你能夠滯留顧明麗多長時間？」

姜非回答說：「如果沒有進一步的線索，公安部門頂多只能滯留她四十八小時。」

孫守義說：「那好，你就先給我滯留她四十八小時再說。」

孫守義的想法是要教訓一下顧明麗，雖然滯留顧明麗四十八小時並不會讓顧明麗受到什麼傷害，但是這麼做的警告意味十足，這是告訴顧明麗，她做了什麼事他都知道，如果顧明麗再不收斂，那他將要不客氣啦。

還沒超過四十八小時，何飛軍的電話就打了過來，開口就說：

「市長，究竟怎麼回事啊，怎麼公安局會將顧明麗給扣留了，現在已經超過二十四小時了。」

孫守義說：「這件事姜非局長跟我彙報了，是公安局這次的整頓行動中，一個私家偵探說是受顧明麗委託來跟蹤我的。姜飛認為這件事非同小可，必須要徹底查清楚，所以就把顧明麗請去公安局協助調查。老何啊，我想顧明麗應該不至於蠢到找人跟蹤我，所以你也不用著急，耐心一點，她應該很快就會回家的。」

孫守義直接點明了滯留顧明麗的原因，話裏話外的意思都是在說他相信顧明麗在找人盯他的梢，讓何飛軍感受到了莫大的壓力。

何飛軍尷尬的說：「市長，那些私家偵探的話是不能相信的，您對我恩重如山，我和明麗感激您都還來不及呢，又怎麼會做這些荒唐事呢？」

孫守義諷刺地說：「這就很難說了，現在這個社會知恩圖報的人少，忘恩負義的多啊。」

何飛軍趕忙撇清說：「市長，您可一定要相信我們啊，我和明麗不會這樣的，這一定是別有用心的人陷害我們的。」

孫守義笑了起來，說：「陷害你們，他們為什麼要陷害你們啊？」

何飛軍說：「這個我就不是很清楚了，可能是我在工作中得罪了一些人吧，這些人就想透過這件事來陷害我和明麗，離間您跟我們之間的關係。」

孫守義說：「老何，我一直都不知道，你這人還挺有想像力的啊。」

何飛軍聽孫守義的語氣根本就不相信他，趕忙說：「市長，這不是我想像出來的，真的就是這個樣子，您一定要相信我。」

孫守義笑了一下說：「老何，我當然是相信你啦，你放心好了，姜非找顧明麗去問話，只不過是例行公事，只要查清楚事情與顧明麗無關，就會放她回家的。」

孫守義這麼說，何飛軍的心越發抽緊了，真要查清楚的話，顧明麗恐怕就回不了家了；不但顧明麗回不了家，他這個副市長恐怕也保不住了。

但是多說無益，反而更讓孫守義懷疑，於是何飛軍只好說：「那行，我相信公安局會給顧明麗一個公平的待遇。」

孫守義笑笑說：「對啊老何，你要相信組織嘛，組織上絕對不會冤枉一個好人的，當然，也不會放過一個壞人的，行了，就這樣吧。」

孫守義掛了電話，何飛軍這邊越發的坐立不安起來。現在他和顧明麗究竟會不會有事，關鍵就在於顧明麗在公安局裏究竟說了些什麼，如果顧明麗硬氣的話，那他們還有可能沒事；如果顧明麗什麼都招了的話，那他將會遭受滅頂之災。什麼營北市市長都會與他沒什麼關係了。

何飛軍不斷地撥打著顧明麗的手機，希望顧明麗能夠接聽他的電話，但是顧明麗的手機一直處於關機狀態，把何飛軍急得簡直是一佛出世二佛升天，幾乎都要離開黨校馬上趕回海川了。

就這樣熬過了幾乎絕望的一天，第二天凌晨何飛軍迷迷瞪瞪睡過去的時候，手機忽然響了起來，何飛軍一下子驚醒過來，抓起手機，看是顧明麗的號碼，趕緊接了起來。

顧明麗疲憊地說：「老公，我現在沒事了，什麼話都別講，我太累了，需要趕緊休息一會兒，什麼事都等我睡醒了再說吧。」然後顧明麗就掛了電話。

雖然顧明麗沒有說明整個經過，但是跟何飛軍報了平安，何飛軍懸著的心總算落到了實處，他也熬得精疲力盡的，就又倒回床上，睡了過去。

再醒來，天光已經大亮，何飛軍撥了家中的電話，過了一會兒，顧明麗接了電話，何飛軍趕忙說：「明麗，姜非那個混蛋有沒有折磨你啊？」

顧明麗說：「那倒沒有，他沒那個膽子，他只是把我滯留在公安局，開始還問了我幾個問題，被我一概否認了，他就把我留在那裏再也不管我了。一直到四十八個小時後，才有人通知我說可以離開了。」

何飛軍罵說：「這個混蛋，怎麼還非要留足你四十八個小時啊？回頭我一定會跟他算這筆賬的。」

顧明麗卻說：「老公，這麼做恐怕不是姜非的主意。」

何飛軍心裏一驚，說：「你是說這是孫守義的意思？」

顧明麗說：「應該是，我猜孫守義現在對我們肯定是起了疑心，他認為私家偵探就是我找的，只是拿不出證據來，所以只能讓姜非留足我四十八個小時，算是懲戒我一下。你最近還是小心他一下吧。」

何飛軍冷笑一聲，說：「小心他幹嘛啊？這個人反正是被我們得罪了。幸好營北市的事情快要下來了，只要我成了營北市的市長，就無需再受這傢伙的鳥氣了。到那個時候，就算他知道是我們找人盯梢他的，他也只能乾瞪眼啦。」

由於何飛軍堅信歐吉峰可以幫他很快就成為營北市的市長，因此對可能開罪孫守義就不那麼在乎了。

北京，首都國際機場。

傅華來送鄭莉坐飛機去米蘭。下車後，傅華拎著行李送鄭莉去過安檢。

鄭莉叮囑說：「我不在家的這段時間，你要照顧好兒子，知道嗎？」

傅華點點頭，說：「放心的去米蘭追逐你的夢想吧，我會照顧好自己和兒子的。」

鄭莉伸出雙臂擁抱了一下傅華，說：「老公，謝謝你這麼支持我，我知道這段時間冷落你了，等我這次在米蘭圓了我的時裝夢，回來我就會減少工作量，留出時間多陪陪你和兒子的。」

這是近期鄭莉難得表現出溫情的一面，讓傅華感到特別的親切，也感受到一種久違的溫馨，雖然是在跟鄭莉離別在即的時候。

正在兩人真情相擁的時候，傅華的手機不識趣的響了起來，鄭莉放開了他，從他手裏將行李拿了過去，說：「行了，我進去了，你接電話吧。」走進了安檢口。

傅華拿出手機一看，是丁益的號碼。丁益說：「傅哥，告訴你一件有趣的事情，孫守義把顧明麗給扣押了兩天。」

傅華詫異的說：「為什麼啊？」

他知道孫守義不待見何飛軍夫妻，但是因為份屬同僚的關係，對這倆口子還算是維持著表面上的客氣，怎麼會態度突轉急下，將顧明麗給扣押起來了呢？

丁益說：「官方沒有什麼正式的說法，只是傳說這次海川市公安局搞治理整頓私家偵探活動，抓到了一個私家偵探，這個私家偵探供稱說受顧明麗委託跟蹤孫守義。孫守義得知後大怒，讓姜非把顧明麗給抓了起來。不過顧明麗這個女人也確實了得，在公安局一概否認私家偵探對她的指控。孫守義看拿不到證據，只好在四十八小時的限期內將顧明麗給放了出來。」

傅華笑了起來，心想這個傳說八成以上是真的，便說：「看來打孫守義主意的人還真不少啊，我們的孫大市長以後還真是要小心度日了。」

丁益笑笑說：「是啊，真想不到顧明麗這個女人還這麼有心計，居然也想到孫守義可能有情人。這下子孫守義估計會氣得夠嗆，明知道何飛軍和顧明麗在算計他，還拿兩人沒轍，又不得不忍氣吞聲，真是有夠悶的。」

傅華說：「你這麼想孫守義就錯了，孫守義還沒那麼沒用，他精於算計，如果沒有把握對付顧明麗，他是不會去動顧明麗的。這次他可能只是嚇嚇顧明麗罷了，並沒有想真的把顧明麗給抓起來的。」

丁益懷疑說：「不會吧，我不相信孫守義能忍得下這口氣，換了是我，非整死這兩口子不可。」

傅華笑了起來，說：「所以你不是市長啊，你這個思維方式就不是一個官員的思考模式。孫守義不忍下這口氣又能怎麼樣呢？難道把這件事鬧到省裏去嗎？」

丁益說：「對啊，把這件事鬧到省裏去，省裏起碼會處分一下何飛軍吧？」

傅華反駁說：「處分什麼啊，這事又不是何飛軍幹的。再說，鬧到省裏去就成了一個大醜聞，孫守義現在是海川市的代理市委書記，這個醜聞鬧出來，他也是顏面無光的。他現在還在爭取成為正式的市委書記呢，這時候絕不想有什麼不好的風評。他這次滯留顧明麗四十八小時，表面上看毫無收穫，實際上卻起了嚇阻何飛軍這兩口子的作用。經過這次的事，顧明麗肯定不敢繼續派人跟蹤他了，這才是孫守義真正的目的。他心中有鬼，自然不想身後始終有一雙眼睛跟著他。」

丁益問：「那就這麼放過何飛軍兩口子了？」

傅華笑笑說：「放過是不可能的，現在孫守義忙著爭取成為海川市市委書記，還騰不出手來收拾這對夫妻。一旦孫守義正式成為市委書記，下一步等著何飛軍夫妻倆的，將會是極為殘酷的打擊。」

說到這裏，傅華忽然腦海浮現了一個想法，也許將來他可以利用一下何飛軍這對夫妻。何飛軍雖然跟孫守義相比不是一個檔次上的對手，但是也不

代表何飛軍一點頭腦也沒有，從他為了保住權力，不惜跟妻子離婚娶顧明麗這一手上看，這個人算是下得狠手的，他可以利用這個形勢，在適當的時候扶持一下博奕中的弱者，也許就能改變什麼人的命運。

結束跟丁益的通話，傅華回頭再去看鄭莉，鄭莉已經進去登機室了，傅華心中難免有些悵然。希望鄭莉這次米蘭回來後，真的能如她所說，減少工作量，把時間多留給他和兒子，他心中再次燃起新的期待。

傅華離開機場回到駐京辦，剛坐下來，就接到項懷德的電話。

項懷德問：「傅主任，準備好去香港的手續沒有？」

傅華說：「還沒呢，我還沒跟市裏的領導打招呼請假呢。」

項懷德有些不滿，說：「怎麼回事啊，你這可不應該啊，辦事情怎麼能這麼拖拖拉拉地呢？」

傅華解釋說：「項董，我這邊也還有一堆的事情要處理呢，我總不能為了你什麼事情都不管吧？」

項懷德催促說：「去香港也不需要多長時間，你就請個假走開幾天又能怎麼樣啊？你趕緊請好假，我們好一起飛香港。」

傅華知道項懷德急於去見江宇，就立即打電話給曲志霞，曲志霞是分管駐京辦的，跟曲志霞請假正合適。

「曲副市長，我想請假去趟香港。」

「去香港，」曲志霞問：「什麼事要去香港啊？」

傅華說：「有個朋友給我提供了一條香港投資商的線索，想讓我去接洽一下，所以我想在這個週末請假去香港看看，也許能幫我們海川爭取到一筆投資呢。」

曲志霞稱讚說：「不錯啊，傅主任，復職這麼短時間就能立即進入工作狀態中。行，我批准了，希望你能幫我們爭取到大筆的投資。」

傅華心虛的說：「我會努力爭取的。」

傅華就立即回覆項懷德，說假請好了，讓他準備機票。

剛安排完，就接到馮葵的電話，馮葵說：「在幹嘛？」

傅華說：「正在辦跟項董去香港的事，你要不要一起去香港玩一趟啊？」

馮葵笑笑說：「還是不了，一來香港那個地方也沒什麼好玩的，二來項董那個老狐狸鼻子很尖，我擔心會被他發現我們的事。」

傅華略微失望地說：「那就算了，誒，你打電話給我什麼事啊？」

馮葵說：「想要介紹一個人給你認識一下，你有時間嗎？」

「介紹人給我認識，什麼人啊？」傅華愣了一下，說。

馮葵笑說：「一個美女，怎麼樣，高興吧？」

傅華打趣說：「我倒是想高興，就怕某些人肚子裏會泛酸水呢。」

馮葵笑罵說：「去你的吧，我才不會為你吃醋呢。好了，你現在到底有沒有空啊？」

傅華說：「你召喚我，就是沒空我也不敢說沒空啊，說吧，讓我去哪裏見她？」

馮葵笑笑說：「嘴挺甜的啊，就來我家吧。誒，到時候表現的好一點，別讓我失望。」

傅華狐疑地說：「到底是什麼人啊，讓你這麼重視？」

馮葵賣著關子說：「什麼人你來了就知道了，趕緊過來吧。」

傅華就開車去馮葵的家，按了門鈴，馮葵給他開了門，傅華立即問道：「美女到了沒有啊？」

「小葵，這就是你說的海川市駐京辦主任嗎？」一個中年女性從客廳走了過來，笑道。

傅華看到這個女人氣度雍容，略微有點豐腴，身材保持得算是不錯，看得出年輕時肯定是美女。而她的樣貌跟馮葵很多地方十分相似，傅華猜想這個女人很可能是馮葵的母親也不一定。

他是個有婦之夫，和馮葵的關係上不得臺面，此刻見到馮葵的長輩，不禁有些窘迫。

馮葵卻絲毫沒有尷尬的意思，對中年女人說：「是啊，就是他，您看這個人怎麼樣？」

中年女人打量了傅華一下，評論說：「中規中矩，氣息內斂，這好像不是你喜歡的類型。」

中年女人的批評頗有點丈母娘看女婿的意味，讓傅華後背直發麻，難道她知道他們兩人的關係了？

馮葵在一旁說：「都跟你說了，我們只是普通朋友，現在你相信了吧？」

馮葵的話讓傅華鬆了口氣，趕緊回說：「阿姨，我跟馮葵只是朋友罷了。」

中年女人說：「你知道我是誰就叫我阿姨啊？」

傅華詫異說：「您不是馮葵的母親嗎？馮葵說讓我來見一位美女，我還以為她跟我開玩笑呢，沒想到還真是見到了一位美女。」

中年女人笑了起來，說：「小葵，這下我相信你們沒什麼了，我知道你絕不會喜歡一個油嘴滑舌的男人的，這傢伙嘴太油了。」

馮葵轉而對傅華說：「你閉上嘴吧，這不是我媽，是我姑姑。來，我介紹你們認識，我姑姑馮玉清。這位是傅華。」

馮玉清伸出手來：「很高興認識你。」

傅華忙伸出手握了一下，說：「不好意思，是我搞錯了。」

傅華不禁看了馮葵一眼，心說：你沒事介紹你姑姑給我認識幹什麼啊？

馮葵說：「你不用看我，我介紹你們認識是有原因的，我姑姑馬上就要去東海省工作，所以有些事想要向你瞭解一下。」

傅華愣了一下，這個女人要去東海省工作?!目前東海省即將出缺的重要位置，一個是省委書記，一個是常務副省長，傅華第一時間還沒想到省委書記身上，心想難道她是接任常務副省長嗎？如果是常務副省長，就意味曲煒這次沒有機會了。

傅華客氣地說：「不知道您想從我這裏瞭解什麼？事先聲明啊，我只是小小的駐京辦主任，對省裏的事並不瞭解。」

馮玉清笑說：「你怎麼會對省裏不熟悉呢？你對曲煒瞭解吧？對鄧子峰瞭解吧？」

傅華看馮玉清很輕鬆自如的談論曲煒和鄧子峰，這種語氣只有在上位者才會有，不由得訝異說：「您是要去東海省做省委書記？」

馮玉清眼神中露出一絲讚嘆，對馮葵說：「小葵，我差點就看走眼了，這傢伙有點扮豬吃老虎的意思啊。你跟姑姑說實話，你跟他究竟是怎麼回事？」

馮葵忙掩飾說：「姑姑，您怎麼這樣啊，都跟你說了，我跟他只是朋友，你怎麼不相信我啊？」

馮玉清精明地說：「小葵，你當姑姑我已經老眼昏花了嗎？我早注意到你看他的眼神有一點異樣，不過，我以為你不會喜歡這麼油腔滑調的男人，誰知這傢伙剛才露出了真面目，讓我不禁懷疑你可能喜歡這種壞男人。」

馮葵辯解說：「姑姑，什麼叫露出真面目啊，他不過是看出你要去東海做省委書記罷了。這不是很簡單的事嗎？東海省最近要換省委書記早就吵得沸沸揚揚的，他猜到又有什麼奇怪的？」

馮玉清頗不以為然地說：「東海省最近要換省委書記不假，但是換的方案有很多種，有可能是鄧子峰上位，高層另派一個省長過去；還有孟副省長退休，常務副省長也是空缺，我去東海省也可能是做常務副省長。這傢伙僅憑我一句話就判斷說我是去做省委書記，可見他的心思十分縝密。」

馮葵打馬虎眼說：「姑姑，您這就有點自以為是了吧，也許他是瞎猜的呢？」

馮玉清搖搖頭，說：「他絕不是瞎猜的，他為什麼不猜省長、常務副省長啊？他說我是去做省委書記，就是否定了另外兩種可能。就連我也不會僅憑一句話就做出這種判斷，這傢伙很不簡單啊。」

馮葵看了傅華一眼，說：「姑姑，他不過是賣弄小聰明罷了。再說，他不簡單也不代表我就會喜歡他啊。這社會上不簡單的男人比比皆是，難道我都會喜歡啊？」

「你當然不會都喜歡啦，」馮玉清笑說：「不過你帶到我面前的可就這一個啊！我想你大概想知道我對他是個什麼樣的判斷，所以才會冒險讓他出現在我的面前。」

「才沒有呢，」馮葵否認道。

馮玉清說：「你不承認是吧，那好，我來問他。傅華，你跟我過來，我有話要問你。」

馮玉清把傅華帶到客廳沙發坐了下來，然後說：「你現在知道我去東海省是做什麼的了，那我就以這個身分來問你幾個問題，希望你能老實回答。」

馮玉清雖然是笑著說的，但是身上那種省委書記的威嚴卻已經散發了出來，傅華覺得周圍的溫度在急劇下降，讓他有打冷顫的感覺。傅華心說無怪乎高層要讓這個女人出任新的東海省省委書記，就這份威嚴就足矣。

馮葵怕傅華承受不了馮玉清的威壓，忍不住抱怨說：「姑姑，您這是幹什麼啊，我叫傅華來，是想要他幫您瞭解東海省情況的，可不是讓您來嚇唬他的。」

「閉嘴！」馮玉清瞪了馮葵一眼，呵斥道：「我說話什麼時候輪到你來插嘴了，你給我在一邊老實地坐著去。」

一股殺氣瀰漫在空間裏，客廳裏的溫度又下降了幾度。

馮玉清似乎在馮家很有地位，連馮葵也怕她，被呵斥之後，居然沒回嘴，老老實實地就去沙發一邊坐了下來，眼神不時偷瞄著傅華的反應。

傅華被馮玉清的威嚴壓得有點透不過氣來，不過還沒到崩潰的地步，就強笑了一下，說：「您想問我什麼問題，就請問吧。」

馮玉清說：「你讓我問，就是保證會如實回答了？」

傅華笑了一下，說：「我膽子再大，也不敢欺騙省委書記的。」

馮玉清點了點頭，說：「算你聰明。那我問你，你跟小葵究竟是什麼關係？」

馮葵很不滿的抗議說：「姑姑，您到底要幹嘛啊？」

馮玉清喝斥說：「你給我閉嘴，我想聽傅華的回答。他不是跟我保證會如實回答我的問題的嗎？回答啊。」

馮葵不由得怪責的看了傅華一眼，你這個傻瓜，瞎保證什麼啊？這下好了，被我姑姑逼到牆角去了吧？我看你怎麼回答。

傅華卻不一點顯慌張，他猜到馮玉清可能會問這個問題，已經先想好了說辭，便說：「這個問題我無法回答您，您是以省委書記的身分問我問題的，應該問的是公事，而您問的是私事。省委書記官再大，也管不到我的私事，所以我有權不回答您。」

傅華這樣說，一下子就把問題給回避了過去；另一方面也向馮玉清表達他並不畏懼她的意思。

馮葵竊笑了一下，傅華沒有讓她失望，既沒有撒謊，也沒有承認跟她的情人關係，巧妙地將問題給閃躲了過去。

第四章
繡花枕頭

傅華說：「這很簡單，您看過有幾個就要登頂的人
會上躥下跳的搞那麼多事出來啊？
我對睢心雄的看法是，這傢伙其實是個志大才疏的人，
聲勢搞得很大，卻並沒有辦幾件實事出來，
這種繡花枕頭又怎麼能登頂呢？」

馮玉清冷笑說：「好小子！好，那我不以省委書記的身分問你，以小葵長輩的身分問你，你跟小葵究竟是什麼關係？」

傅華心說這個我可沒承諾要如實回答，所以就算欺騙你，你也不能怪我。於是說：「我跟馮葵的關係很簡單，就是朋友而已。」

「胡說！」馮玉清說：「你騙不過我的，你們倆看對方的眼神都有問題，根本就不是朋友那麼簡單。」

傅華笑說：「那是您先入為主了，您腦中已經認定我跟馮葵有問題，所以怎麼看我和馮葵都有問題。就像疑鄰盜斧的故事一樣。」

「疑鄰盜斧」是出自呂氏春秋中的一個寓言故事，說是從前有個鄉下人，丟了一把斧子。他以為是鄰居家的兒子偷去了，於是越看越覺得那人的言行舉動都像是盜斧的賊。後來丟斧子的人在山谷裏找到了斧子，原來是前幾天他上山砍柴時，一時疏忽掉落的。之後他又碰見了鄰居的兒子，再看看他，就怎麼也不像賊了。

馮玉清有些譏諷地說：「不錯啊，還會用成語。你跟我說的都是真的嗎？」

傅華反問：「您認為呢？」

馮玉清笑了笑說：「跟我打這種機鋒，你還嫩了點。我認為你說的都是騙我的，如果你跟小葵什麼都沒有，我一開始以省委書記的身分問你的時候，你就會直接說什麼都沒有，而不是回避我的問題。你這個傢伙很不老實啊，居然當著我的面睜眼說瞎話，你等著吧，我會有辦法整治你的。」

傅華感覺馮玉清虛張聲勢的意味比較大，正想不去理會，沒想到馮葵卻花容失色地對馮玉清說：「姑姑，這不關傅華的事，是我喜歡他的。」

傅華看馮葵坦白招供，知道隱瞞不過去了，就握住了馮葵的手，說：「傻瓜，什麼不關我的事啊，我們是兩情相悅才會在一起的，不關我的事，難道還關別的男人的事嗎？」

馮葵看傅華勇於承擔，心中有如一股暖流流過，握緊了傅華的手，甜甜的說：「瞎說什麼啊，有你在我身邊，別的男人我哪還看在眼中啊！」

馮玉清的臉沉了下來，說：「傅華，據我所知你可是有婦之夫，你跟小葵這樣算是怎麼一回事啊？你不知道這種行為會為社會所不容嗎？」

傅華苦笑說：「我也知道這種行為為社會所不容，但是我還是很難跟小葵說分手，我感覺我們倆上輩子似乎有某種聯繫似的。」

「胡鬧，」馮玉清呵斥道：「你當這社會什麼都由著你的性子來啊？我

警告你，前面的事我不知道就算了，現在我知道了，你趕緊跟小葵分手，否則我是不會放過你的。」

傅華搖搖頭，說：「這個我恐怕辦不到，我認真的想過這個問題，最終還是無法離開小葵。」

馮玉清火了，衝著傅華叫道：「什麼叫離不開，你根本就是想左擁右抱，大享齊人之福。你的膽子還真大啊，你難道就不怕我將來接任了省委書記之後嚴厲的懲處你嗎？」

馮葵央求馮玉清道：「姑姑，您別逼傅華好嗎，我長這麼大，第一次遇到讓我這麼心動的男人，您就當是疼我，別再管這件事了，我和傅華的事我們自己能處理好的。」

傅華握了一下馮葵的手，安慰她說：「你別被你姑姑嚇到了，我敢保證她就是做了省委書記，也不能把我怎麼樣的。」

馮玉清冷冷的看了傅華一眼，說：「你怎麼敢這麼肯定？」

傅華笑說：「那是因為我相信，您接任省委書記之後，要做的事情肯定很多，到時候，恐怕您根本就顧不上還要來處理我這個小人物的。」

馮玉清以前跟東海省並沒有什麼聯繫，突然去做省委書記，什麼都要從頭開始，傅華不相信她還會來處理一件損及馮家聲譽的事。再說，馮玉清初到東海省，孤身一人肯定打不開局面，必然要跟本地勢力結合在一起。

目前來看，東海省的幾大勢力中，鄧子峰吸收了孟副省長的勢力，他這次跟省委書記失之交臂，肯定對馮玉清有所不滿，必然不會幫助馮玉清；那剩下還可一用的勢力，就是曲煒帶領下的呂紀那一脈勢力了，馮玉清正是深知這一點，才會一見面就要向傅華瞭解曲煒的情況。

傅華跟曲煒關係密切，馮玉清絕不會為了私生活上的一些失誤，就來處分傅華開罪曲煒的。這些人永遠是把政治利益放在首位，他相信馮玉清為了政治利益，一定會做出正確的抉擇。

果然，馮玉清讚說：「算你聰明，我一個堂堂省委書記自然不好去跟一個小小的駐京辦主任較勁了。」

馮葵有些懷疑地看了看馮玉清，問道：「姑姑，您的意思是你不跟傅華計較了？」

「廢話，」馮玉清說：「你們倆你情我願的，我去計較什麼啊。」

「那姑姑剛才的態度？」馮葵疑惑的問道。

馮玉清笑了笑說：「我不過是想試試這傢伙值不值得你這麼對他！你的

眼光還不錯，這傢伙勉強算是有膽有識，在同齡人中應該算是優秀了。」

馮葵還是不放心，小心翼翼地說：「那姑姑您不介意他有老婆了？」

馮玉清略為遺憾地說：「要說一點不介意那也不是真的，姑姑也希望你能找個清白人家嫁了，不過人一輩子能遇到一個自己真心喜歡的人很難，既然遇上就要珍惜，不然錯過了，這輩子你會遺憾的，所以姑姑也不會為了他有老婆就非逼著你們分開。再說，我們馮家的人從來也不是什麼守規矩的人，我們是制定規矩的人，自然不會被規矩所束縛的。」

馮玉清的話說得霸氣十足，但是傅華覺得馮玉清並不是在吹牛，馮家老爺子健在的時候，說話可是一言九鼎的，確實是制定規矩的人。

馮葵這才徹底放下心來，感激地說：「謝謝姑姑了。」

馮玉清卻不禁搖頭說：「小葵，我看得出你對這傢伙用情很重，不然你也不會表現的這麼失常，你的頭腦向來敏銳，連他都看出來的事你居然會看不出來？」

馮葵吐了下舌頭說：「他是比我聰明嘛。」

馮玉清大為感嘆說：「他是比你聰明，居然把你哄成了這副小女人的樣子，果然愛情是盲目的。」

馮玉清又看向傅華說：「小子，我這麼一個如花似玉的侄女就這麼被你騙走了，你是不是也該給我們馮家一點回報，跟我說一下你對東海省政局的看法吧！如果我真的成為省委書記，你認為該如何著手開展工作？我可提醒你，我知道你跟鄧子峰私交不錯，你可別幫著他來陰我。」

傅華笑說：「如果您害怕的話，可以不要問我啊。」

馮玉清斥說：「我怕什麼啊，我可有小葵幫我盯著你，這總勝過你跟鄧子峰的友誼吧？」

傅華笑了一下，說：「您算計的還真清楚。其實我覺得您上任伊始，倒是不必擔心鄧子峰會來對付您。他還沒那麼傻，如果這時候他讓您難堪，高層一定不會坐視不管的。」

馮玉清想了想說：「這倒是，他這次因為振東集團的事，已經被高層狠批了一通，除非他不想幹這個省長了，否則短期內他是不敢跟我作對的。」

傅華接著說：「至於別的方面，我覺得您應該跟現在的省委秘書長曲煒多親近一點。」

馮玉清點頭說：「這點我也想到了。誒，告訴你一個好消息，你這位老上司很快就要轉任東海省常務副省長了。」

落定。

「真的嗎？」傅華驚喜的道。傅華一直關切著這件事，現在總算是塵埃

馮玉清笑說：「我騙你幹嘛，跟曲煒的聯絡就交給你負責了，回頭你幫我安排一下，讓我和曲煒見面談一談。」

因為傅華跟馮葵的關係，已經牢牢的將傅華綁在了馮玉清的戰車上，她絲毫不擔心傅華會出賣她，因此直接安排傅華去聯絡曲煒，傅華倒也樂於接受，他覺得馮玉清是直接拿他當家人看，才會一點也不客氣的指使他。

傅華爽快地答應說：「好的，我會安排好您跟曲煒見面的。」

馮玉清又說：「跟我聊聊鄧子峰吧，有人跟我說你是鄧子峰的智囊，鄧子峰在東海省做的不少事，都是來源於你的主意。」

傅華不敢居功，說：「這有點誇張了。鄧子峰是個很有頭腦的人，做事自有他自己的一套，我其實左右不了他什麼的。」

馮玉清點點頭，說：「鄧子峰確實很有自己的一套，東海省向來號稱鐵板一塊，他能在這裏紮下根基很不容易。這次要不是因為呂紀跟他作對，東海省這個省委書記是輪不到我來做的。」

傅華說：「這倒是，這次他失誤就失誤在沒有給呂紀足夠的尊重，惹怒

了呂紀，才橫生枝節的。」

馮玉清質問：「這麼說，你不認為鄧子峰幫振東集團拿下齊東機場項目是錯誤的了？」

傅華很實際地說：「現在的官員哪有不染指項目的，鄧子峰這種做法算是好的。您在這方面肯定比我有經驗，應該知道現在這種社會環境下，沒有什麼官可以做到一清如水的。」

馮玉清笑了笑，沒有對傅華的說法予以評價，換了主題說：「跟我說說鄧子峰的弱點吧。」

傅華遲疑了一下，說：「要說鄧子峰的弱點還真是不多，勉強算得上的只有一點，那就是他太好虛名了，把自己塑造成完美的聖人形象，呂紀正是抓住了他這一點，才讓他失去上位的機會。據我所知，振東集團的事鄧子峰事先並不知情，如果換在別人身上，可能根本不算什麼，但對鄧子峰來說就嚴重了。他為自己塑造了一個聖人的形象，一旦被人揭發跟貪污受賄有關，聖人形象就被打落凡塵了，高層也因此懷疑他是一個說一套做一套的人。」

馮玉清認同地說：「這還真是為名所累啊。行，既然他好名聲，那以後共事時，我會多注意，多尊重他一下他，讓他得其所哉。」

馮玉清不愧是馮家培養出來的，傅華相信馮玉清主政東海後的表現，並不會比鄧子峰差。

像馮玉清這樣的大戶子弟通常都很沉穩，歷練豐富，因為利益對他們來說基本上唾手可得，所以他們並不急功近利，只待時機成熟的時候，自然會脫穎而出。

就像這個馮玉清，在今天之前，傅華甚至不知道有這麼一號人物，卻突然浮出了水面，出任東海省的省委書記，不用說她之前行事有多低調了。

中午，馮葵從酒店叫了外賣，三個人就在馮葵家吃起午飯。

吃飯時，馮玉清對馮葵說：「難怪你不喜歡睢心雄的兒子，傅華是比那小子強多了。」

馮葵批評說：「睢才燾眼眶太淺，才輸幾千萬就受不了，根本就算不上個男人。」

馮玉清說：「這是像他父親，他父親就不是一個沉得住氣的人，做點什麼事都大聲嚷嚷，搞得沒有人不知道。」

傅華不禁問道：「您好像對睢心雄很熟啊。」

馮玉清說：「這個圈子就這麼大，想不熟都難。雎心雄是個功名心很重的人，當年為了生存，不惜出賣自己的親人，很令人不齒。雖然是有時代的因素，但是一個人連親情都可以不顧，那他還會顧惜什麼！」

馮葵聽了說：「原來雎心雄是這樣一個人啊，姑姑，您這就不對了，既然您清楚這些，為什麼不阻止我跟雎才燾的交往啊？」

馮玉清說：「當初有人給你們牽線，我心中就不贊成。不過我們這樣的人家想找到一個門當戶對的也很難，雎家的門第還算可以，雎心雄這些年的官聲也還不錯，我就沒去干涉，心想順其自然吧。」

傅華忍不住說：「雎才燾那傢伙除了有個好背景之外，其他一無是處，根本就配不上小葵。」

「他配不上，難道你就配得上了？」馮玉清反駁說。

傅華無語，他是有婦之夫，比起雎才燾來，的確更配不上馮葵。

馮玉清眼神突然亮了一下，問：「這麼說你見過雎才燾了？」

馮葵說：「雎才燾的幾千萬就是輸給他的。」

馮玉清愣了一下，隨即不留情地批評說：「真想不到啊，傅華，你這個小小的駐京辦主任，不但外面有情人，還跟人玩這麼大的賭局，你這樣哪還像個政府官員啊？」

傅華後背一陣發緊，被未來的省委書記這麼責備，這個滋味並不好受。他趕忙解釋說：「您可別以為我是個賭鬼，我跟雎才燾的那場賭局不過是正好趕上了，平常我可是不賭博的。」

馮葵幫腔說：「是啊，那次傅華是去我的會所玩，正好碰到雎才燾，本來也沒賭那麼大的，是雎才燾以為自己穩操勝券，想欺負傅華，就加大了籌碼，才把賭局給搞大的。」

馮玉清打趣說：「雎才燾那時肯定不知道你這傢伙善於扮豬吃老虎。誒，你贏的錢呢？」

傅華老實招供說：「我放在朋友那裏，一直沒動，我還沒想好拿這筆錢幹什麼呢。」

馮玉清好奇地說：「朋友？什麼樣的朋友可以隨隨便便的把幾千萬交給他啊？」

馮葵解釋說：「姑姑，他這個朋友您也認識，就是胡東強。」

馮玉清更意外了：「胡瑜非的兒子，他們又是怎麼扯上關係的？」

馮葵笑說：「還不是因為爭風吃醋嘛，這傢伙去勾搭人家的未婚妻，搞得高芸移情別戀，東強不甘心未婚妻被搶了，就跟他發生了幾次衝突，結果最後可滑稽了，他們倆卻變成了鐵哥兒們，誰都不要高芸了。就是胡東強把他帶到會所來，我才認識他的。」

傅華趕忙撇清說：「小葵，你可別瞎說，我跟高芸是清白的。」

馮葵反擊說：「你敢保證高芸對你一點想法都沒有嗎？」

傅華苦笑了一下說：「別人有什麼想法我怎麼能保證啊？」

馮玉清大嘆：「看來你的感情生活還真是豐富精彩啊。」

傅華無奈地說：「您千萬別誤會，她有想法可不代表我有想法。」

馮玉清笑笑說：「你自己的事自己去理清吧。不過我有兩件事要提醒你，一是感情上的事千萬要穩住舵，別招惹太多的女人，跟你說，女人可是不好惹的，自己要有數，別到時候哭都來不及。」

馮葵回護傅華說：「姑姑，我剛才只是拿高芸跟傅華開玩笑的，其實他在感情上還算老實。」

馮玉清罵說：「你別護著他了，就這樣還算老實啊，那天下大多數的男人都是老實的了。好啦小葵，這些私生活上的事我不願意去干涉，我提醒他只是希望他不要把感情上的事帶到工作中來，別因此影響了工作。」

傅華乾笑一下說：「這我會注意的。」

馮玉清接著說：「第二個要提醒你的，就是你贏睢才燾那筆錢的問題，你沒有貿然的去花用這筆錢我很高興，但你還是想個比較穩妥的方式趕緊處理掉吧，可別留來留去留成了禍患。」

傅華說：「您是擔心睢才燾或者睢心雄會來找麻煩？」

馮玉清搖搖頭，說：「他們不敢來找你麻煩的，他們也知道這件事不能鬧大，首先他們就不好解釋這幾千萬是從哪裏來的。現在睢心雄正在高調的宣揚反腐倡廉，如果鬧出他兒子一擲千萬豪賭的事出來，他非得引咎辭職的。但是這麼一大筆錢放在那裏總不是個事兒，一旦被人知道，你很難解釋清楚的。」

傅華點點頭，認同說：「是啊，這筆錢牽涉的方面太多，為防萬一，還真是要儘快處理比較好。」

「傅華，說到這裏我倒要考考你，」馮玉清抬頭看著傅華：「你覺得睢心雄這個人未來的走向會如何？」

傅華笑了一下，說：「他已經走到頂點了，可能會在嘉江省省委書記任上退休作為結束。」

馮玉清說：「可是外面都在傳他有可能登頂。」

傅華很肯定地說：「不可能。」

馮玉清反問：「你怎麼敢這麼肯定？」

傅華認真分析說：「這很簡單，您看過有幾個就要登頂的人會上躥下跳的搞那麼多事出來啊？我個人對睢心雄的看法是，這傢伙其實是個志大才疏的人，聲勢搞得很大，卻並沒有辦幾件實事出來，這種繡花枕頭又怎麼能登頂呢？」

「繡花枕頭，」馮玉清笑了起來，說：「這詞形容的到位。好了，別聊睢心雄了，傅華，我今天提醒你的這兩件事你可要給我記好了，未來我到東海省後，肯定會做一些事，我可不希望你成為別人攻擊我的靶標。」

傅華保證說：「您放心，我絕對不會拖累您的。」

吃完午飯，傅華就回了駐京辦。

在辦公室坐下後，他打電話給曲煒，將跟馮玉清見面的情形跟曲煒報告一下。

曲煒接了電話，傅華便說：「市長，我今天認識了一位女士，她的名字叫做馮玉清。」

傅華猜測馮玉清敢跟他講她將成為東海省的省委書記，說明這件事基本上已成定局了。既然到了定局階段，曲煒應該知道「馮玉清」這個名字意味著什麼。

果然，曲煒驚喜地說：「你見到馮玉清了，你怎麼會見到她的？」

曲煒的反應證明曲煒也知道馮玉清將要出任東海省省委書記的消息了，傅華便說：「一個朋友介紹我認識的。市長，她還跟我聊起了您。」

曲煒笑笑說：「她都聊起了我什麼啊？」

傅華說：「一是您可能會轉任東海省常務副省長，二是，她希望找個時間能跟您見上一面。」

曲煒聽了說：「是嗎？好啊，我也希望能夠去拜訪她，你幫我跟她聯絡一下，看她什麼時間方便。」

傅華說：「行，既然你們雙方都有這個意願，等我安排好見面時間，我再通知您。」

結束了跟傅華的通話，曲煒就去了呂紀的辦公室。

曲煒說：「馮玉清透過傅華給我遞話了，說想要跟我見面。」

呂紀的臉色變了一下，苦笑說：「老曲，我在東海省的時日屈指可數了，只是你爭取的事不知道怎麼樣了？」

曲煒高興地說：「那件事已經有眉目了，馮玉清說我會轉任東海省的常務副省長。」

「是嗎？」呂紀臉上總算露出了笑容，說：「這下我就放心啦，既然這樣，我們答應的事情也該辦辦了，估計孫守義這會兒怕是等急了。」

轉天，海川市市委書記人選的確定上了東海省常委會的議程，在會上，組織部白部長說明了幾個人選的情況。

呂紀接著說：「組織部門考察的這幾位同志都很優秀，不過孫守義同志在海川市工作已經有些時日，對海川市的情況更熟悉些，所以更有優勢，我提議由孫同志接任海川市委書記的職務。」

呂紀說完，看了看鄧子峰，等著鄧子峰的表態。

鄧子峰表情有些漠然，他失去了這次上位的機會，心中難免有些怏怏不樂。本來孫守義可以接任市委書記對他是件好事，孫守義算是他的人馬，這等於他掌控了海川市，但是相比起失去省委書記的寶座卻是差得太多了，所以鄧子峰怎麼也高興不起來。

鄧子峰公式化地說：「我贊同呂書記的意見，我也認為孫同志是這個位置的恰當人選。」

其他常委紛紛表示意見，雖然有少數人質疑孫守義還不具備成為市委書記的條件，但是大多數的常委會成員皆是支持孫守義，於是孫守義獲得了一致通過。

其餘的各項議題也陸續進行了表決，臨到終了，呂紀突然有些感傷，這很可能是他在東海省主持的最後一次常委會了，他心中十分不捨。但是不管捨不捨得，總要有個結束，呂紀強壓住離別的情緒宣布散會，然後收好東西離開會議室。

鄧子峰表情複雜的看著呂紀遠去的背影，呂紀給了他一次深刻的教訓，讓他知道在任何時候都不能輕視對手，即使這個對手即將失去跟他對抗的能力。就像一條蛇即使腦袋被砍了下來，也仍然具備咬人的能力，他被呂紀的垂死掙扎給深深咬傷了，而且這個傷口短時間內很難癒合，很長一段時間內他都要承受這份痛苦。

鄧子峰稍微停留了一下，也收拾好東西離開。回到辦公室，剛坐下，電話就打了進來，是蘇南，鄧子峰接通了電話。

蘇南說：「鄧叔，我剛得到消息，這次馮家的女兒馮玉清要去東海省做省委書記啊。」

鄧子峰苦笑了一下，說：「這我已經知道了。」

蘇南十分愧疚地說：「鄧叔，這都是我害您的，要不然根本沒馮玉清什麼事。」

鄧子峰安慰蘇南說：「你別傻了，真正害到我的是我自己，是我太自以為是，以為自己能夠經得起檢驗，結果卻是漏洞百出，害人害己啊。誒，你公司的事情擺平了沒有啊？」

蘇南說：「我這邊是沒事了，不過搭進去了一個專案經理。」

鄧子峰聽了說：「那就好，我可不希望你有什麼事，不然蘇老那裏我可不好交代。」

蘇南立即說：「就算有什麼也怨不得您，這是我咎由自取。」

鄧子峰說：「不能這麼說，官場上任何時候都充滿了博奕。我們這次是給了人家機會，讓人家漁翁得利啦。」

蘇南苦笑說：「是啊，讓馮家得了個大便宜，把東海省這塊大蛋糕給吃下肚中去了。」

鄧子峰笑笑說：「也沒那麼便宜，一下子吃的太多，說不定會被撐著的。」

蘇南說：「這倒也是，不過您還是小心些吧。這個馮玉清是馮家二代中的核心人物，能力很強，而且她是從基層一步一步上來的，政治手腕和閱歷都很豐富，是個不好對付的人。」

鄧子峰說：「我會小心的，我才在呂紀身上吃過大虧，再也不會傻到重蹈覆轍了。誒，最近你有沒有跟傅華聯繫啊？」

蘇南說：「沒有啊，自從出了齊東機場的事後，我就在家中閉門思過，傅華那裏也沒什麼聯繫，您怎麼問起他來了，有什麼事與他有關嗎？」

鄧子峰說：「我忽然想到，馮玉清到東海省來，會如何著手她的第一步呢，讓我想起了當初我是怎麼做的。」

當初鄧子峰到東海省來做省長，第一步就是讓蘇南帶他去見傅華，展開東海省的工作的。鄧子峰便想到馮玉清會不會也這麼做呢?!

現在的傅華比當初更關鍵了，隨著曲煒在東海省的分量越來越重，相應的，傅華的重要性也跟著水漲船高，因為傅華是打開曲煒這扇門的一把鑰匙。

馮玉清進入東海省，首先必然是尋求跟東海省某些勢力的結合，從而找到她在東海的立足點。曲煒正是一個合適的對象，因為曲煒也需要馮玉清的勢力。呂紀的離去，使曲煒失去了最大的靠山，他也需要找到一個強勢的勢力結合，以求自保。

既然兩方都有意願，只要有人從中牽線，曲煒和馮玉清就會站到同一陣營裏去。鄧子峰覺得最適合做這個牽線人的，除了傅華沒有別人了。

蘇南詫異地說：「鄧叔，您的意思是說馮玉清會跟傅華聯繫？這個不太可能吧？沒聽傅華說他跟馮家有什麼瓜葛。」

鄧子峰笑笑說：「這種瓜葛想有馬上就可以有的，當初我不就是通過你才認識他的嗎？以前我跟他也沒什麼瓜葛啊。你找個時間跟我們的老朋友聚一聚吧，別讓他為我們的對手所用。」

鄧子峰自覺跟傅華的關係算是不錯，但是傅華卻沒有投到他的陣營裏來，而是跟曲煒的關係更親密。鄧子峰察覺他在這件事情上有所失誤，最近他忙於從振東集團和齊東機場的案子中脫身，很少去管傅華的事，特別是傅華被金達停職，他也沒有發出任何聲援，讓傅華自生自滅。難怪會讓傅華感到被疏離，從而投向對他有溫暖的懷抱。於是鄧子峰想儘快彌補這個失誤，堵住馮玉清和曲煒接觸的管道，因此才要蘇南想辦法跟傅華聯繫，趕緊修復和傅華的友誼。

蘇南說：「行，鄧叔，這很簡單，回頭我就打個電話給傅華，約他出來吃飯。」

鄧子峰說：「行啊，你快點去辦吧。」

結束通話後，蘇南就打給傅華。

傅華意外地說：「南哥，怎麼想起給我打電話了？」

蘇南說：「最近事情比較多，跟老朋友都疏於聯繫了，現在總算告一段落，我才想到我們有段時間沒聚了，就想問你有沒有空一起吃頓飯。」

傅華聽了說：「南哥請吃飯，沒時間也要擠出時間來啊。不過這一兩天不行，我要去香港，這樣吧，等我回來再聯繫南哥，到時候我請你好了。」

海川市，市長辦公室。

孫守義正在批閱公文，桌上的電話響了起來，顯示的號碼是省組織部的白部長，孫守義的心頓時繃緊了，他知道這個電話意味著什麼。從金達中風病休的那一刻，他就在等這個電話了，今天電話終於來了。

孫守義平靜了一下心情，然後才抓起話筒，說：「您好，白部長，有什麼指示啊？」

白部長笑笑說：「指示倒沒有，就是一個好消息要通知你，剛才召開的省委常委會上，你任職海川市市委書記的事被確定了下來，下一步要稱呼你為孫書記了。守義啊，恭喜你了。」

孫守義趕忙謙虛地說：「謝謝白部長，沒您這些年對我的支持，我是走不到這個位置上的。」

白部長笑笑說：「你這話有點過了，支持你的可不僅僅是我一個人。好了，我不跟你廢話了，趕緊打電話跟沈佳報喜吧。」

白部長收了線，孫守義卻沒有馬上打電話給沈佳，反而沉思了起來。

曾經他很迫切地想要得到這個市委書記的位置，現在當他真正得到的時候，心中並沒有因此欣喜若狂，反而有一絲絲的失落。這就是他真正想要的東西嗎？

當年他為了出人頭地，娶了沈佳，今天他終於可以主政一方了，海川將是他的天下了。這算是出人頭地了嗎？算是成功了嗎？

孫守義清楚他今天的成就是很多同齡人難以企及的，這一切都應該歸功於沈佳，是沈佳及其家人的幫助，才讓他有機會成為這個市委書記。

他應該感激沈佳，但是孫守義為了得到今天這一切，也付出了大好的時光作為代價，與一個他並不愛的女人長相廝守。此刻他真是說不清他得到的更多，還是失去的更多。

權力固然讓他風光無限，卻也帶給他許多束縛，就像他不敢公開跟劉麗華往來，甚至給劉麗華買房的三十萬，還是跟傅華借的錢。

從他和金達聯手整治傅華後，這三十萬就成了孫守義的一塊心病，一直惶惶不安，不知道傅華什麼時候會開口跟他要這三十萬塊，更不知道要如何弄到三十萬還給傅華。

他感到現在的傅華已經不是他剛認識時的傅華了，他變得手段狠辣，對對手毫不容情。金達的下場讓人觸目驚心，傅華對此卻沒有絲毫的愧疚或者不安。孫守義每每想起這個，都感覺後背一陣發涼，似乎傅華的眼睛在暗處虎視眈眈的盯著他一樣。

這次在爭取市委書記的過程中，孫守義的心始終是懸著的，很擔心傅華像對金達那樣，搞出什麼東西讓他這次的努力落空。偏偏傅華一直對他沒有什麼針對性的行動，也沒來要這三十萬，似乎並不想跟他敵對。

不過孫守義卻無法就此放下心來。這次沒有，不代表以後也沒有，他的心還得懸著，無法落到實處。即使今天他成了市委書記，也沒有什麼好辦法解開這個結。

這時候孫守義想起了金達對他說過的那句話：「你願意放一個不服從你的下屬在駐京辦這麼重要的位置上嗎？」

孫守義心裏苦笑說：「是啊，我不願意，但是我如果動了他駐京辦主任的位置，可能要承擔更嚴重的後果。因此雖然不願意，我也不敢隨意挑戰傅華，不得不接受這個傢伙盤踞在駐京辦的事實。」

一想到成為市委書記也並不意味著可以想做什麼就做什麼，他依舊被束縛著，費盡心機得到的位置其實也不過如此，孫守義未免就有些失落了。

不過這終究是件喜事，等了一會兒，孫守義還是把電話撥給沈佳，告訴她這個好消息。

沈佳聽了，激動地說：「守義，我就知道你能做到，太好了，回頭我就跟老爺子說一聲。」

孫守義說：「行啊，也替我謝謝他，這一次沒有他，我根本就無法成為海川市的市委書記的。」

這一次趙老確實是居功甚偉，為他做了大量的工作，包括動用一些組織部的老關係去支持曲煒成為東海省的常務副省長，這是呂紀提出來的交換條件，否則他就會讓別人出任海川市的市委書記了。

沈佳說：「我會好好謝謝老爺子的。守義啊，你現在已經成了市委書記，是不是也該做點什麼來補償一下傅華？我總覺得你附和金達免除傅華職務是個錯誤，傅華對我們一直很好，現在搞得我都沒臉去見他們夫妻了。」

孫守義心煩地說：「小佳，我今天正高興呢，你能不能別提這個煩心事啊？我當時那麼做也是迫不得已，我也很想補償傅華，可是他還在氣頭上，就算我做什麼，他也不一定會接受的。還是等過段時間讓他消消氣再說吧。」

沈佳說：「好，你今天是該高興，我不會再提傅華了。守義，你最近回不回北京啊，你可有些日子沒回來了呢。」

孫守義想想也是，便說：「好吧，等市委書記任命一下來，我就會回去看你和孩子的。」

孫守義不太願意回北京，因為要回北京就繞不過駐京辦；繞不過駐京辦，也就繞不過傅華，他不想去面對那種心裏相互厭惡，臉上卻不得不裝出笑臉的尷尬場面。

此刻的傅華已經和項懷德飛抵香港，正站在酒店的窗戶前欣賞維多利亞港的景色呢。

項懷德感嘆說：「這個地方真是神奇，彈丸之地卻蘊含著這麼大的經濟能量，令人嘆服。」

傅華笑笑說：「時勢造英雄罷了，如果不是當年歐美封鎖中國，香港就沒有轉口貿易可做，沒有了轉口貿易，也就沒有今天的香港了。」

項懷德說：「香港的成功誠然離不開轉口貿易，但是與香港本身的經濟自由、政府少干預政策也有著很大的關係。」

傅華不禁說道：「想不到項董對香港經濟還有這麼深的研究啊。」

項懷德說：「很深的研究是不敢啦，多少知道點皮毛。我很羨慕香港這一點。內地什麼時候也能像香港一樣，政府機構和官員們能夠少來干涉我們企業的行為就好了。」

傅華笑說：「項董，我怎麼覺得你有些矯情呢，你幾乎是雲城市企業界的霸主了，你可別跟我說你沒沾過政府的光。」

傅華深知項懷德擁有的這種大企業在地方上很吃香，政府會以種種的優惠扶持他們，所以才會說項懷德矯情。

項懷德發牢騷地說：「我不是沒沾過政府的便宜，不過相比之下，政府帶給我們的麻煩其實更大。你可能不知道，政府一旦有什麼項目缺乏資金了，我這裏可是他們必走的一站，不給他們還不行，萬一開罪他們，他們便會拐彎抹角的找你的麻煩。哪像在香港，只要按時納稅，就沒有人再來干涉你的經營行為了。」

兩人聊得正熱絡，這時傅華的手機響了起來，是江宇打來的。

江宇說：「傅先生，到香港沒？」

傅華說：「到了，已經跟項董在飯店了，本來想休息一下再打給您的，沒想到您倒先打來了。」

江宇笑說：「到了就好，晚上一起吃飯，我給你們洗塵。」

第五章

懸崖上跳舞

呂鑫擔憂地說：

「她突然失去聯繫，香港這邊根本就查不到她的行蹤。」

傅華心裏咯登一下，喬玉甄玩的都是懸崖上跳舞的遊戲，一不小心就會失足墜下萬丈深淵，這次連呂鑫也找不到她，說明她玩得太過火，玩出事來了。

晚上江宇帶項懷德和傅華去了上環的一家豪華酒樓。

坐定後，江宇端起酒杯來，說：「來，歡迎兩位來香港。」

項懷德和傅華端起酒杯，三人碰了杯，各自喝了一口。

項懷德說：「謝謝江董在百忙中抽出時間來見我們。」

江宇說：「我和傅先生是老朋友了，他介紹的朋友我當然要見見的，不過呢，項董你也別對我抱太高的期望，我不敢保證一定能幫得了你。」

項懷德說：「江董客氣了，我可是知道你在香港證券市場上的威名，只要您肯出手，就一定沒問題的。」

江宇笑笑說：「項董先別急著給我戴高帽子，什麼威名啊，那都是不值一哂的東西。」

項懷德稱讚說：「江董真是太謙虛了。」

江宇說：「不是謙虛，而是實話。誒，項董，你既然跑來讓我幫你運作公司上市的事，那我問你幾個問題，你知道這股票究竟是什麼？」

項懷德聽了說：「江董這是要考我啊，我認為，股票是持有某個公司一定股份的證明，不知道我說的對不對？」

江宇笑了笑，繼續問道：「那你覺得股票有價值嗎？」

項懷德說：「當然有價值了，這相當於公司一定比例的股份。」

江宇接著又問：「那你覺得價值多重呢，比方說你公司的股票。」

項懷德笑笑說：「應該價值很高，我跟你說，江董，我們公司的經營狀況良好，盈利穩定，這樣的公司應該是價值很高的。」

江宇聽了笑說：「看來項董對自家的的公司信心十足啊。那麼項董覺得你的公司憑經營狀況比起中石油又如何呢？」

「中石油？」項懷德有點尷尬的說：「那當然是比不過了，人家可是國有超大型公司，我的企業跟它相比可就太渺小了。」

江宇說：「那你可知道中石油上市之後，股價一直呈下跌的態勢，到目前為止，股價已經下跌了百分之八十，但還不能說中石油的股價就見底了。」

項懷德詫異地說：「不會吧，中石油那麼賺錢的一家公司啊。」

傅華在一旁解釋說：「這我倒是知道一點，零七年，中石油登陸A股，當天最高價達到四十八塊六，可是目前中石油收報十塊三毛五，跌幅是百分之八十。有人說，如果股份制改革催生了上一輪空前的牛市，鑄就了六一二四點的高峰，那麼中石油的上市就成為絆倒這頭大牛最粗的一根繩索。中石油上市後，股指從六千多點直落到兩千多，股民都嘆說『問君能有幾多愁，恰似滿倉中石油；如若當初沒割肉，而今想來愁更愁。』」

江宇笑說：「傅先生對股市倒是很熟悉。那麼項董，我要請問你了，既然你說股票有價值，相當於某公司一定比例的股份。在中石油股價跌去百分之八十的這段時間裏，中石油的經營狀況良好，盈利穩定，它的一定比例的股份價值並沒有縮水，相反還可能增值了，可為什麼股市上的股價會跌去這麼多呢？」

「這個嘛，」項懷德搔了一下頭，一時間他還真是難以回答這個問題，苦笑了一下，說：「這個我還真不知道原因是什麼。」

項懷德答不上來，江宇也沒繼續糾纏下去，又說：「項董，我要問你第二個問題了，你覺得錢是什麼？」

項懷德似乎有點被考倒了，說：「江董啊，你怎麼淨問一些玄乎的問題啊？這錢是什麼，應該沒人不知道吧？」

江宇賣著關子說：「既然沒人不知道，那你何妨告訴我這個問題的答案是什麼？」

項懷德笑了笑說：「錢當然是一種有價值的東西了，能買到很多的東西。」

江宇聽了說：「有價值的東西啊？那你告訴我這一百元的紙幣價值多少呢？」

項懷德理所當然地說：「當然還是一百啦。」

江宇問：「你說的那是政府通過公權力賦予它的價值。現在假設一下，它不是由政府公權力保證的流通貨幣，只是一張印刷精美的紙，你還會覺得它值一百嗎？」

項懷德說：「那當然不值了，又不是什麼古董，就是一張紙而已。」

江宇說：「既然僅僅是一張紙，為什麼你剛才說它很有價值，能買很多東西呢？」

項懷德再次語結了，就連傅華也覺得江宇問的這個問題有點難度，這裏面牽涉到的事可不是一兩句話能說清楚的，就連他這個專門學過經濟的人都覺得難，更何況項懷德了。

江宇也沒期望項懷德真的能回答上來這個問題，繼續問他第三個問題。

他看了看項懷德，說：「看來項董對證券行業並不太熟悉啊，估計國債期貨的三二七事件你可能不知道吧？」

項懷德果然搖搖頭說：「這我還真不知道。」

江宇把視線轉向傅華，笑笑說：「我看傅先生對經濟很有研究，想來是應該知道三二七事件吧？」

傅華點點頭說：「那是證券史上的一次災難事件。」

「三二七事件」肇始於中國股市上的教父級人物管金生，管金生前半生辦了兩件震撼業界轟動一時的大事，一是創辦萬國證券，二是製造國債期貨三二七事件。

國債期貨市場是一九九三年底由上交所提出，並經財政部、人民銀行批准而設立的試點，最主要的目的是刺激國債市場，使國債能順利地發出去。

三二七是一個國債期貨的品種，是對一九九二年發行的三年期國債期貨合約的代稱。由於其於一九九五年六月即將交收，現貨保值貼補率明顯低於銀行利率，故一向是頗為活躍的炒作題材。

一九九五年二月，市場傳聞財政部可能要以一百四十八元的面值兌付三二七國債，而不是一三二元，但一向順風順水的管金生不這樣看，偏要率領萬國證券做空。

一九九五年二月廿三日，財政部發佈公告稱，三二七國債將按一百四十八元五角兌付。二月廿三日，中經開公司率領多方借利一直攻到一百五十一元，隨後萬國的同盟軍遼國發突然改做多頭，三二七國債在一分鐘內漲了兩元，十分鐘後漲了三塊七毛七！

也就是說，三二七國債每漲一元，萬國證券就要賠進十幾億！管金生急紅了眼，什麼都不顧了。下午空方突然發難，先以五十萬口把價位從一百五十一塊三轟到一百五十元，然後把價位打到一百四十八元，最後一個七百三十萬口的巨大賣單把價位打到一百四十七塊四。

這筆賣單面值一點四六萬億，接近中國一九九四年國民生產總值的三分之一！幾乎要將中國經濟拖入崩潰的邊緣。

當晚上交所緊急宣布，廿三日十六點廿二分十三秒之後的所有交易無效，當日三二七品種的收盤價為違規前最後簽訂的一筆交易價格一百五十一塊三。

如果按一百五十一塊三平倉，萬國虧十六億。第二天，萬國證券發生擠兌。三個月後，國債期貨市場被關閉。

傅華大致講述了三二七事件的整個經過，然後說：「三二七事件之後，管金生因為操縱證券罪被捕，風雲一時的股市教父就此墜落。」

江宇笑了笑說：「傅先生說的這些是內地官方對此的說法，實際上我們香港證券界卻對此另有解讀。我們認為這是管金生一次經典的反敗為勝的操盤。可惜的是他挑戰了不可能被挑戰的對手，所以他的失敗也就註定了。傅先生知道這件事當中的中經開公司的來歷吧？」

傅華說：「它是一個很特殊的企業，前身是中國農業開發信託投資公司，一九八八年經財政部、人民銀行批准成立，憑藉顯赫的政府背景和廣泛的人脈關係起家，一九九二年一月更名為中國經濟開發信託投資公司，業務延伸到信貸、證券、期貨以及實業領域。中金開的高層來自財政部，在獲取財政部相關資訊上，比其他券商更具優勢。」

江宇說：「這就是問題的所在了，中經開敢瘋狂做多，以及可以把當天最後八分鐘的交易作廢，都是與中經開這種雄厚的背景相關。從中經開的特殊背景和其在市場上瘋狂做多的行為來看，中經開很有可能參與了內幕交易。如果這個假設成立的話，這樁內幕交易即使不是最大的一樁內幕交易案，也是影響最惡劣的內幕交易之一。最蹊蹺的是，三二七事件中，據說中經開的盈利應該在七十多億，但實際賬上的資金卻不足一億，這剩餘的資金流向就成謎了。而最後管金生是以何種罪名入獄，傅先生知道吧？」

傅華說：「管金生是以受賄罪、挪用公款罪判處有期徒刑十七年，褫奪公民權五年，並沒收個人財產十萬元，罪名中卻沒有涉及違規交易一項。」

江宇又問：「那傅先生知道為什麼不對管金生以涉及證券違規交易入罪嗎？」

傅華為難地說：「我只大概知道這個案子的經過，並不知道詳細的內幕，所以還真沒法回答你這個問題。」

江宇提示說：「這個問題，以傅先生的聰明想一下就會明白的。」

傅華沉吟了一下，說：「難道說是怕涉及中經開？」

江宇笑了起來，說：「對了，據我所知，三二七事件之所以搞得這麼大，多空雙方都存在著嚴重的違規。傳說管金生是看中經開違規，他才跟著違規的。所以這個案子如果涉及到違規交易，中經開也要被處罰。但是中經開在三二七事件中的角色不僅僅是代表著中經開本身，還代表著某實權部門。管金生顯然在審判時意識到了自己的對手是誰，知道自己在劫難逃，所以沒有請律師，就接受了法院的裁決。此後的日子裏，也再未談論此事。」

說到這裏，江宇看了看項懷德，說：「關於三二七事件的大致來龍去脈，項董都已經知道了，不知道你由此想到了什麼？」

項懷德有點搞不清楚江宇葫蘆裏面賣的是什麼藥，便說：「這裏面似乎很複雜啊。」

江宇說：「這裏面確實很複雜。我今天提出的幾個問題，並不急著要項董馬上就給我答案，你回去好好思考一下。想明白了，我們再來談下一步的事。來，我們別光顧著說話，喝酒。」

江宇就把注意力轉移到喝酒上面去了，再也不提什麼證券之類的東西，只是領著傅華和項懷德喝酒。

晚宴結束後，江宇將傅華和項懷德送回酒店就離開了。

傅華本來坐飛機就有點累，加上晚上喝了不少的酒，就想早點回房間休息，沒想到卻被項懷德一把給拖住了。

項懷德納悶地說：「你先別急著回去睡覺，陪我研究一下，這江宇究竟跟我擺的是什麼陣啊？」

傅華笑說：「你別這麼急好嗎？我們還有時間可以研究這件事，現在我很睏了。」

項懷德拉著傅華說：「那可不行，你回房間倒是可以好好睡一覺了，我不想明白江宇的這幾個問題卻怎麼也睡不著了，我們既然一起來，應該同甘共苦才行，所以我絕對不會放你回房間睡覺的。」

傅華無奈地說：「項董，你睡不著是因為你想讓公司上市，這與我有什麼關係啊？」

項懷德笑說：「當然有關係啦，我們公司如果能夠順利上市的話，我準備送給你一筆乾股作為報酬的。」

傅華立即回絕說：「這個就免了，我是不會拿你的乾股的，這是不合法的，你知道嗎？」

項懷德聽了說：「送給你可能不合法，但是你可以變通一下，找個朋友當代理人來幫你過一下手，不合法的也就合法了不是?!」

傅華擺了擺手說：「我可不想搞那麼多麻煩出來。您現在能放我回房間睡覺，我就很感激了。」

項懷德央求說：「別這樣啊，就算你不想拿乾股，我還是可以去海川市投資的，為了這你也不肯幫我？」

傅華笑說：「項董，你別要脅我好不好？我也想了一晚上了，到現在也沒搞懂江宇問你這些問題與你的公司上市有什麼關聯，所以就算這晚我陪你一直不睡，也無法幫你什麼的。你還不如放我回去睡一覺，我的大腦清醒些，也許會想到問題的關鍵所在。」

項懷德想想也是，就鬆開了手，說：「行，你回去睡覺吧。」

傅華就回房間，洗了個澡想睡覺，沒想到因為項懷德的一番糾纏，他的睏勁反而沒有了，躺在床上翻來覆去的睡不著。最後索性也不睡了，去敲了項懷德的房門。

項懷德開門問道：「什麼事啊？」

傅華嘆說：「我被你鬧得也睡不著啦，索性過來跟你研究一下江宇的問題好了。」

項懷德笑說：「活該，誰叫你那麼不仗義來著。進來吧。」

因為熬夜，項懷德讓酒店給他們送來了咖啡好提神。

傅華喝了口咖啡，然後問項懷德道：「項董，你覺得江宇問這幾個問題的主要意圖是什麼啊？」

項懷德思索著說：「江宇一會兒問股票，一會兒問錢，又是什麼三二七國債事件，相互間都沒什麼關聯，我真的想不明白他想表達什麼。你是怎麼看的呢？」

傅華說：「我倒不認為這之間一點關聯都沒有，實際上這三個問題都與證券相關，只是我卻想不明白這與你公司上市有什麼關聯。」

項懷德猜測說：「也許江宇是要提醒我注意些什麼，可是要注意些什麼呢？」

傅華苦笑了一下說：「這個江宇也真是的，我們來香港是向他求助的，他倒好，給我們搞了這麼個啞謎來猜，真是不知所謂。」

項懷德說：「你別怪他，我想他這麼做也是為了我好。」

傅華不滿地說：「既然是為你好，那就有話直說嘛，有必要讓我們這麼猜謎嗎？」

兩人討論了半天，還是不得要領，到最後連項懷德也睏得撐不住了，兩人只好放棄，各自睡覺去了。

第二天傅華起來時，已經快十一點了，他沒有急著去找項懷德，而是先打了個電話給江宇，想要先探一下江宇的口風。

江宇接了電話，傅華便抱怨說：「江董，真是被你害慘了，你沒事搞出那麼多問題來幹嘛啊？」

江宇笑說：「怎麼了，那些問題是我問項董的，怎麼會害到你了呢？」

傅華訴苦說：「項董非要拖著我一起想答案，害得我們昨晚幾乎一夜都沒睡。」

江宇失笑說：「不會吧，這些問題實際上很簡單，傅先生應該不會被難住的。」

傅華說：「我沒您想的那麼聰明。我想問您，你這幾個問題究竟是什麼意思啊？難道你不想接這筆生意？」

江宇說：「那倒不是，其實項董的企業還不錯，比山祥礦業優質得多，我很想幫他運作上市，只是對這個項董我有所顧慮。」

傅華愣了一下說：「既然你已經調查過項董的企業了，知道那是一家優質的公司，那還有什麼可顧慮的啊？」

江宇坦誠以告：「項董跟伍弈的風格完全是兩回事，伍弈有些劍走偏鋒，他對我的運作思路很能理解，也很接受；但這個項董則是另外一回事，他是穩紮穩打，一步步把企業發展起來的，這種風格跟股票運作完全是兩種路子，我問他那幾個問題其實是告訴他，以經營實業的方式來運作股票上市是行不通的。」

「原來是這樣啊，」傅華笑說：「江董，這些你可以有話直說的，沒必要轉這麼多彎子，害我們一夜都沒睡好覺。」

江宇說：「行，中午吃飯的時候，我會跟項董解釋這幾個問題的。」

中午，江宇過來陪傅華和項懷德一起吃飯。

項懷德看到江宇，便說：「不好意思啊江董，你的問題我還是沒想出個所以然來。」

江宇解釋說：「其實我這幾個問題很簡單，就是股市運作的幾個狀況。首先，股票等同於公司的股份，但是卻不一定就等於相對應股份的價值。股票實際上就是一張單據，它在股票市場上的價格並不等於它對應的股份的價值，而是股民們憑著對這股票既有的印象而認定的價值。我這麼說似乎有點繞，不知道項董是否聽明白我的意思了？」

項懷德說：「我大體上是明白的，就像你昨天說的中石油的股票一樣，中石油的股份價值肯定很高，但是股民們對它的印象卻很差，所以認定股票的價值明顯偏低。」

江宇點點頭說：「大致上就是這個意思。所以項董，假設我幫你的公司運作上市，你可不要想當然的認為你的公司狀況好，盈利穩定，股票的價格就應該很高。股票的價格高是由很多因素促成的，公司質素好只是其中之一

罷了。」

項懷德聽了說：「這個我明白，江董放心，如果你幫我運作上市，我絕不會因為股價低而對你有所埋怨的。」

江宇又說：「第二個問題，我問你錢是什麼。你說錢是一種有價值的東西。確實不假，以前的錢與黃金掛鉤，錢有實實在在的價值，但現在不同，價格完全是被強權部門給操縱出來的，而非實實在在生產出來的。這個項董能理解吧？」

項懷德點點頭，說：「這我能夠理解。」

江宇說：「股票也是這樣，它的價格實際上也是操縱出來的。沒有操縱，優質公司的股票也可能很便宜；有了操縱，一文不值的股份也可能賣出天價來。所以股價的高低與操縱有很大的關係。這與項董的工廠運作方式完全不同，不知道項董能接受這一點嗎？」

項懷德遲疑了一下，顯然有些退縮。

江宇就說：「如果你不能接受這一點的話，你還是專心做你的實業，不要來蹚股市這灣渾水了。有很多不上市的公司發展得也很不錯啊。」

項懷德猶豫地說：「但是那樣就無法實現跨越性的發展了。」

江宇笑說：「如果項董要玩這個遊戲，那就要接受這個遊戲的規則，而這個規則其實是無所不用其極的。昨天我說的三二七事件中多空雙方的博奕就是這個樣子，他們為了贏，各自使盡了一切手段，甚至包括違規的手法。同樣的道理，項董如果想在這個遊戲中勝出，獲得你想要的東西，恐怕也需要做一些擦邊球的事。所以在玩之前，我需要徵求一下你的意見，你確定真的要玩嗎？」

項懷德看了看江宇，這與他以往經營企業的理念大相徑庭，難免有所猶疑，說：「非要這麼做不可嗎？」

江宇笑笑說：「我曾經問過一個證券界的前輩，如何能夠做到在股市上穩贏不輸。你猜他怎麼回答我的？他就告訴我兩個字：操縱！能夠在股市上穩贏不輸的訣竅不是運氣，不是分析，也不是小道消息，就是操縱。三二七事件中，中經開之所以能夠大賺，就是因為他們具備了操縱整件事的能力；管金生為什麼會輸？就是因為他不能操縱整個全局。」

坐在一旁的傅華聽了，不禁眼睛為之一亮，他從江宇講的這些運作法門聯想到了官場，所謂的操縱法門運用到官場上，何嘗不是穩贏不輸的呢？

他這次成功的狙擊金達就是再明顯不過的例子了。修山置業未足額繳納土地出讓金，國土部對海川市的點名批評，這不都是他操縱出來的嗎？沒有這些，金達也許這時候已經坐上了常務副省長的寶座了。

江宇注意到傅華的表情變化，說：「傅先生是不是想到了什麼？」

傅華說：「是的，我想通了一些事，你的話讓我很受啟發啊，我覺得你的這個理論也可以運用到官場上。」

江宇點點頭說：「不僅能運用到官場，戰場上也是一樣的，傅先生知道三十六計吧？就是最能體現這種操縱精神的計謀了。」

三十六計中的美人計、空城計、反間計、苦肉計等，每一計都是身處逆境，卻通過操縱營造出有利於自己的環境，從而最終保全了自己不輸的計謀；走為上策更是一種打不過就跑的策略。也最能體現中國人敗中求勝的智慧。

傅華讚嘆說：「江董，真是聽君一席話，勝讀十年書啊。」

項懷德經過了一番考慮後，終於說：「江董，你著手進行吧，我會接受你的一切安排的。」

江宇知道項懷德的心結算是解開了，伸出手來：「那項董，合作愉快了。」

項懷德和江宇的手緊緊地握在一起，臉上露出了燦爛的笑容。

吃完午飯，傅華就回房間休息，項懷德和江宇則是繼續商量合作的一些細節。

傍晚時分，呂鑫來了，責備說：「傅先生，你不夠意思啊，來香港也不跟我打聲招呼，還是江董說了我才知道。難道怕我請不起你吃頓飯啊？」

傅華知道江宇和項懷德的合作涉及到了運作資金的調度問題。江宇要幫項懷德運作公司上市，必然要動用大筆的資金，這些資金不能從大陸直接匯到香港，於是就需要用到呂鑫從地下管道走這筆資金了。

傅華笑說：「當然不是怕呂先生請不起，我也是昨天才到的，本來想等項董這邊忙完，再去拜訪你的。」

晚宴便由呂鑫做東，席間，呂鑫趁空小聲問傅華說：「誒，傅先生，最近你跟喬玉甄有見過面嗎？」

傅華最近有段時間沒見過喬玉甄了，自從兩人鬧翻後，基本上就沒有了連絡，他說：「我們現在各忙各的，很難能夠碰上面。」

呂鑫聽了說：「哦，是這樣子啊，那這件事你可能就不知道了。」

傅華說：「什麼事啊？」

呂鑫說：「是關於修山置業出售的事，據說喬玉甄溢價將修山置業賣給了中儲運東海分公司。」

傅華說：「這件事我聽說了，怎麼，出什麼問題了嗎？」

呂鑫面色有些凝重地說：「中儲運東海分公司的員工覺得修山置業現在的經濟狀況根本就值不了那麼多錢，認為東海省分公司的領導從中拿了巨額的回扣，所以才會以那麼高的價格收購修山置業，他們向相關部門做了舉報，事件自然就牽涉到喬玉甄了。我還以為你會知道這件事呢。」

傅華從呂鑫的語氣中感到一絲慌亂，喬玉甄和呂鑫是有很多往來，估計呂鑫急著找喬玉甄就是因為這個吧。

傅華搖搖頭說：「我最近很少跟她聯繫，誒，呂先生為什麼不直接跟她聯絡呢？」

呂鑫苦笑說：「我聽到這個消息後，立刻打電話給她，但是她的電話卻打不通了，根本就無法跟她聯繫上，甚至連她現在是在北京還是在香港我都不知道。」

對此傅華倒不感到意外，往常喬玉甄只要風聲不對，就會自動消失一段時間。這段時間，誰也聯繫不上她的，便不以為意地說：「應該沒事的，過了這段時間她就會自動出現在呂先生面前了。」

呂鑫卻擔憂地說：「傅先生，這次情形與以往不同。以往她也有失聯的時候，但那時候她其實是避居香港，而且都會跟我打招呼，我還可以找得到她；但這一次她很突然就失去聯繫，香港這邊根本就查不到她的行蹤。」

傅華心裏咯登一下，他知道喬玉甄玩的都是懸崖上跳舞的遊戲，一不小心就會失足墜下萬丈深淵。這次連呂鑫也找不到她，說明她玩得太過火，玩出事來了。

儘管傅華跟喬玉甄翻臉了，但是內心中對喬玉甄還是有著牽掛，聽到喬玉甄可能會出事，他也很擔心，忙問：「呂先生，喬玉甄會不會去什麼地方散心去了，走的時候忘了通知你？」

呂鑫搖搖頭說：「絕對不會的。就算她出去散心走得急，事後總會打個電話過來的。傅先生，我有一種很不好的預感，喬玉甄這次說不定遭到了什麼不測。」

「不會的，」傅華趕忙否決了呂鑫的說法，不敢再想下去了。

呂鑫嘆說：「我也希望她沒事，所以傅先生你回北京後，能不能去找找她，看看她是否還在北京？」

傅華立即答應說：「行，我回去就找找看。」

呂鑫又交代說：「有什麼消息麻煩通知我一聲，先謝謝了。」

傅華說：「呂先生客氣了，我跟喬玉甄曾經也是朋友，也很關心她的安危的。」

第二天，傅華和項懷德就返回北京。

分手前，項懷德拍了拍傅華的肩膀，說：「傅主任，感謝的話我就不說了，這次我們公司如果能順利上市的話，我忘不了你那一份的。」

傅華笑笑說：「你記得去海川投資就行了。」

駐京辦的車子已經在機場等候，傅華就往駐京辦趕，在路上，他撥了喬玉甄的電話，電話裏傳來關機的提示聲，看來喬玉甄還是沒有開機。

傅華收起手機，想了想，就讓司機直接去喬玉甄的住處。

到了喬玉甄的住處，傅華按了半天門鈴，絲毫沒有得到回應。他又問了社區的保全，保全說有些日子沒看到喬玉甄。傅華心中不妙的預感更加強烈了，卻也無可奈何。

喬玉甄向來神秘，他不知道喬玉甄在北京其他的朋友。傅華只好先回駐京辦，想等幾天再看看，也許喬玉甄會再度冒出來也不一定呢。

剛坐下不久，胡東強的電話就打來了。

胡東強知道他今天從香港回來，說要給他接風，並且商量去海川考察的事。傅華答應了，兩人約在「凱賓斯基」的龍苑中餐廳。

胡東強帶了一位年輕漂亮，有點妖媚的女人來，介紹說：「這位是愛珂，我新認識的女朋友。」

傅華知道像胡東強這種闊少身邊從來不少漂亮的女人，而且還經常換，就跟愛珂道了聲：「幸會。」

胡東強開玩笑說：「傅哥，你就這點不好，來吃飯也不帶個女伴。」

傅華笑說：「我哪有你這麼討女人喜歡啊？」

胡東強取笑說：「切，別跟我說你就嫂子一個女人。」

傅華心說：我還真有別的女人，但是我如果把馮葵帶來，你們還不得炸了鍋啊。

傅華笑罵說：「別瞎說，讓人聽了會當真的。好了，你準備什麼時間去海川啊？」

胡東強說：「儘快吧，這件事已經延宕很久了。」

傅華說：「那我從速安排就是了。」

敲定完正事，胡東強就開始點菜，席上點的是白酒，胡東強和愛珂輪流敬傅華，傅華以為自己的酒量足以應付，也就沒怎麼推讓，喝了幾杯下來，傅華開始感覺情形有點不妙，腦袋發暈，漸有醉意了。

主要是因為他今天剛坐飛機回來，舟車勞頓，身體疲憊，加上心中牽掛喬玉甄的安危，有心事放不下，身體不在狀態，所以酒量大減。

胡東強再要給他倒酒，傅華趕忙喊停，說：「不行了東強，我今天不能再喝了。」

胡東強看出傅華酒喝多了，也沒強勸，就趕緊吃了飯結束接風宴，然後把傅華送回了家。

第六章

治本之策

傅華說：「對方好像想從我這裏找到什麼東西，
您能不能幫我安排幾個人幫我盯著家裏？」
劉康答應說：「這簡單，不過，傅華，
這可不是治本之策啊，要想避免後患，
還是儘快查出來是誰在背後搞鬼的才行。」

回到家，傅華洗了個澡，倒在床上就睡了過去。

正當他睡得迷迷糊糊的時候，感覺有人鑽進了他的被窩裏。一個炙熱的身體貼在傅華的身上，傅華睡意正濃，也沒睜開眼睛，憑著嗅到的熟悉香氣，以為是鄭莉回來了，便伸出手臂慣性的將鄭莉摟進懷裏。

但是鄭莉似乎並不想就這麼只被傅華摟著，開始變得主動了起來，先是親吻著傅華的脖子，然後沿著脖子而下，親吻著他的胸膛，一雙手也沒閒著，不停地撫摸著傅華的身體。

傅華的身體被喚醒了，體溫急速的上升，回吻著鄭莉。鄭莉的反應更加強烈起來，如蛇一般纏繞在傅華的的身體上，跟傅華的肌膚不停地相摩擦，把傅華搞得更加火熱。

傅華頓時感覺迫切的想要進入鄭莉的身體，便用手抓住了鄭莉胸前那對聳立的山峰，一邊準備入港。

就在這時，傅華突然感覺到一絲異樣，鄭莉的胸部並沒有這麼豐滿，同時腦海裏電光一閃，突然想起鄭莉此時正在義大利呢，那身下的這個女人肯定不是鄭莉。

傅華趕忙往旁邊一滾，離開女人的身體，伸手按開了床頭燈的開關，就看到保姆什麼都沒穿的躺在他的身邊。

傅華驚叫一聲，責問說：「你怎麼會跑到我的床上來啊？」

保姆沒有絲毫的羞愧，看著傅華說：「我喜歡你好久了，剛才你對我也有反應，我知道你也是喜歡我的，來吧，現在你老婆不在，你對我做什麼我都願意。」說著身體就貼了過來，想要繼續剛才的動作。

傅華一把將保姆給推開，然後說：「我對你沒那種想法，你現在趕緊給我出去。」

保姆卻沒有離開，而是說：「你別這樣子，你放心好了，我不需要你對我負責的；再說，我看得出來你老婆對你並不好，你也有需要，就讓我好好地疼你吧。」

傅華有點惱火，衝著保姆大叫道：「我不需要，你趕緊給我出去。」

保姆這才看出傅華是真的不想要她，慌慌張張的說了聲對不起，就跑出了臥室。

傅華心說這算是什麼啊，保姆居然還爬上了他的床，看來明天他需要好好跟保姆談一下。

第二天起床，傅華去吃早餐，保姆看到他便低下了頭。

傅華說：「昨晚的事我會當沒發生，也不會跟我老婆講的，你繼續做好你的工作就是了。」

保姆嗯了一聲，傅華覺得這件事算是過去了。

還沒吃完早餐，傅華的手機就響了起來，是羅雨打來的，他緊張地說：「傅主任，出事了，你的辦公室昨晚進小偷了，你快來看看丟了什麼東西沒有。」

傅華大感不妙地說：「我馬上就趕去。」

傅華匆忙去了駐京辦，一看，他的辦公室被翻得亂七八糟，所有的抽屜都被撬開，裏面的東西都被倒了出來。小偷似乎是在找什麼東西的樣子。

傅華先讓羅雨報警，警方勘驗了現場，然後讓傅華清點物品。

經過清點，傅華發現沒有丟任何東西，似乎小偷闖進來亂翻了一通，沒發現中意的東西就走了。警察看沒丟東西，也就沒有調查下去的興趣，給傅華做了筆錄就離開了。

警察走後，羅雨不禁說道：「主任，您覺不覺得這小偷似乎是想找什麼東西啊？」

傅華奇怪地說：「我這兒會有什麼東西可找的啊，除了一些公文之外，就是常看的幾本書，其他都是些不值錢的工藝品。這個小偷真是不開眼，才會看上我這間辦公室的。」

羅雨提醒說：「不是的，我覺得他想找的並不是什麼貴重物品，而是對他有什麼特殊意義的物品。」

傅華想了半天，也想不出有什麼東西是被人惦記的，便對羅雨說：「行了，別管他想找什麼了，回頭你跟下面的保安說一聲，讓他們加強管理，別再有類似的事發生。」

羅雨點了點頭，說：「行，我會跟他們說的。」

羅雨走後，傅華打電話給曲志霞，向她報告胡東強要去海川的事。

曲志霞接通電話，說：「你從香港回來了？怎麼樣，進展的如何啊？」

傅華回說：「對方對這筆投資目前還只是在規劃當中，沒有正式的確定。不過他答應如果正式確定要進行投資時，會優先考慮我們海川市的。」

傅華倒也並不完全是撒謊，項懷德確實答應他如果上市順利的話，會在海川進行投資。

曲志霞說：「這樣啊，那你繼續關注吧，務必盡力爭取到時候讓項目落地海川。」

傅華說：「行，我會留意的。誒，曲副市長，您還記得上次天策集團去海川考察的事嗎？」

曲志霞說：「當然記得，怎麼了，是不是他們又想來海川了？」

傅華笑笑說：「是啊，我復職後，又去做了一下天策集團的工作，經過一番努力，他們同意重新進行考察，看看海川有沒有合適的地方給他們做灌裝廠。」

曲志霞聽了，高興地說：「這真是太好了，歡迎他們再度光臨。傅主任，那次來的考察團可不止天策一家，其他幾家你就沒再做做工作？」

傅華回說：「別家我當然也做了工作，不過他們目前沒有再去海川考察的想法，這次成行的只有天策集團。不過您請放心，別家我會繼續努力爭取的。」

曲志霞說：「行啊，有一家也是不錯的了。」

傅華又說：「曲副市長，海川新區現在情形如何啊？」

曲志霞大嘆說：「還能如何，就是一大片空地而已。雖然新區籌委會成立了很長時間，但是並沒有引來像樣的項目。怎麼，你打算讓天策落戶在新區？」

傅華說：「是有這種想法，不過聽您這麼一說，新區似乎各方面的配套設施還沒有上，天策集團就這麼過去，反而不是件好事，別到時候偌大的新區就天策集團的灌裝廠孤零零的在那裏，天策集團會指著我罵的。」

曲志霞想想說：「你的顧慮也有道理，你還是建議天策集團考慮別的地方吧，就不要放在新區了。」

「行，我知道了。誒，曲副市長，新區發展的怎麼這麼慢啊，我認為這個新區規劃對海川有很大的好處，市裏面怎麼不重視起來呢？」傅華忍不住說道。

曲志霞嘆說：「這個新區規劃是很不錯，不過生不逢時啊，推出時，省裏就有很多的反對意見，然後你被免職、金達中風等等事情接二連三的出來，市裏哪還有精力顧及新區的發展啊？新區要想發展起來，下一步就要看孫守義想怎麼做了。你知道嗎，省裏已經決定讓孫守義擔任海川市市委書記，任命就會在這一兩天公佈，我們的孫市長馬上就要成功的上位了。」

傅華聽了笑說：「那可真要恭喜孫市長了，不，馬上要叫孫書記了。」

海川市，市長辦公室。

孫守義正在跟金達的妻子萬菊交談。

萬菊一臉的焦灼之色，看著孫守義說：「孫市長，我們家金達經過這麼長時間的治療，情況沒有絲毫的好轉，這樣下去可不行的。」

孫守義能體諒萬菊的急切心情，誰家一個好好的丈夫變成這樣，肯定都會很焦急的。他看著萬菊說：「那你的意思是想市裏面怎麼做啊？」

萬菊說：「我的意思是讓金達去北京的大醫院治療試試。孫市長，您跟金達也算是搭檔一場，就幫幫他吧。」

人吃五穀雜糧，誰都會有生病的那一天，今天他如果不管金達，日後如果他出了類似的情形，別人也不會管他的；雖然最後金達算計過他，但整體上他跟金達算是配合的不錯，也該幫金達一把，就說：「行，市裏會慎重研究一下這件事，我會盡力爭取讓金書記去北京治療。」

萬菊感激地說：「那先謝謝孫市長了。」

孫守義立時允諾說：「不要客氣，金書記目前這個狀況，我也應該為他做點什麼的。」

萬菊就告辭離開了。

孫守義看她的背影居然有些傴僂，這可不是一個四十多歲女人該有的狀態，想來金達中風後，萬菊過得十分煎熬。

孫守義心中不禁感慨，曾幾何時，金達手握權柄，風光無限，海川市大小官員莫不仰其鼻息。但現在呢，他臥病在床，生活不能自理，搞得老婆還要出來求人送他去北京治療。這一正一反之間，簡直天差地別，人啊，真是有旦夕禍福。

晚上，傅華去了曉菲的四合院，他答應蘇南，從香港回來就聚一聚的。

曉菲看到傅華，忍不住抱怨說：「你可有段日子沒過來吃飯了，我還以為你忘了我這裏了呢。」

傅華感性地說：「我怎麼會忘呢，這裏可是有我很多美好記憶的。」

他和曉菲曾有過一段刻骨銘心的戀情，雖然最終曉菲拒絕跟他走到一起，但是那段感情傅華是無法從記憶中抹去的。

曉菲看了一眼傅華，說：「傅華，我怎麼感覺你身上似乎發生了很大的變化啊？」

傅華說：「怎麼了？為什麼這麼說啊？」

曉菲笑笑說：「你知道嗎，以前你不敢面對你和我的那段感情，今天居

然能夠很坦然的說出來，表明你終於可以放下了，你成熟多了。」

在跟金達的這場博奕之後，他的心的確是發生了顛覆性的變化，從一個逆來順受的被動者變成了主動操縱政局變化的人了。

傅華感慨地說：「如果你也經歷過像我一樣的那些事，估計你也會成熟的。誒，南哥什麼時候會到啊？」

曉菲說：「應該還要一會兒吧。等會兒見到南哥，你幫他打打氣吧。」

傅華詫異地說：「南哥怎麼了？」

曉菲嘆說：「南哥最近也發生了很大的變化，不過跟你的變化相反，你變得自信了，他則是變得消沉很多，都有點不像以前的南哥了。」

傅華說：「南哥是在內疚自責，害鄧叔無法出任省委書記，他心中肯定不好過的。這已經不是打氣的問題了。」

曉菲說：「那你也開導他一下吧，不能讓他老這樣子下去。」

「你讓傅華開導誰啊？」蘇南從外面一腳踏了進來，問道。

傅華趕忙說：「曉菲是關心你，覺得南哥最近的情緒有點低落，所以讓我開導一下南哥。」

蘇南看了曉菲一眼，說：「看來我最近的狀態讓你為我擔心了。」

曉菲關心地說：「南哥，我不想看您現在這個樣子，曾經你是多麼意氣風發啊，我想看到那時候的你。」

蘇南搖了搖頭，嘆說：「我都中年了，再想要恢復像少年時的豪情壯志，難嘍。」

曉菲鼓勵說：「南哥，你還可以的。」

蘇南笑笑說：「好了曉菲，別再說這些了，難得跟傅華一聚，我們還是聊些高興的事吧。誒，傅華，最近過得還可以吧？」

傅華見蘇南的臉色有點發暗，一看就是時運不濟的樣子，難怪曉菲會擔心了，便回說：「我最近還算不錯啦。」

蘇南說：「不錯就好，鄧叔前幾天還問起你來著，說前段時間你被免職，他沒有出面幫你說話，覺得很不好意思。」

傅華不在意地說：「鄧叔太客氣了，我知道鄧叔自己有事要忙，他哪有時間顧得上我啊。你替我謝謝鄧叔，其實有些事我自己能解決的。」

蘇南不禁看了傅華一眼，此刻的傅華與以往他認識的那個傅華似乎有了質的變化，看得出來傅華現在應對這些官場上的事更加嫻熟老練了，感慨地說：「你現在好像自信了很多啊。」

曉菲笑說：「南哥也看出來啦，我剛才也是這麼說他的。」

傅華笑笑說：「人總是要成長的，不可能永遠停留在原地不動。」

蘇南自嘲的說：「你倒是成長了，我卻是往後畏縮了。」

傅華安慰蘇南說：「南哥，你不要把這次的責任都歸咎於自己，這其實是各方因素集合在一起才有的結果，責任並不都在你的。」

蘇南苦笑說：「是我不該貪一時之利，沒有我和王雙河的交易，此刻鄧叔也許已經成為東海省的省委書記了，也不會便宜了馮玉清了。誒，傅華，你身在北京，接觸過馮玉清嗎？」

傅華注意到蘇南用一種審視的目光看著他，就明白蘇南為什麼要跟他見面了，他想知道他跟馮玉清有沒有什麼聯繫。

想到曲煒不日就會抵京跟馮玉清會面，這個消息早晚會被蘇南和鄧子峰知道的，傅華覺得沒必要去隱瞞什麼，就笑笑說：「我前些日子跟馮玉清見過面。」

蘇南問：「感覺如何啊？」

傅華說：「大家子弟，很睿智的一個人，也很有威嚴。我相信鄧叔如果願意跟她合作的話，他們會配合得很好的。」

蘇南沒說什麼，既然馮玉清已經跟傅華接觸過，那也就意味著馮玉清跟曲煒也建立起了某種聯繫。他不知道鄧子峰會對馮玉清持什麼樣的態度，因此也不方便在傅華面前做什麼表態。鄧子峰上位失敗這件事成了他心中的一個負擔，也影響到他的情緒，因而當晚蘇南情緒一直不高。

吃完飯，傅華和蘇南一起離開曉菲的四合院，蘇南先開車走了。傅華準備開車時，卻發現他的車門不知道什麼時候被人給撬開了。他的車裝了防盜系統，撬車的人顯然是個高手，居然讓防盜系統失靈，根本就沒有報警。

傅華緊張了起來，從早上辦公室被撬，到現在的車子被撬，這兩件事似乎表明有人想從他這裏找到什麼東西。而且這個人可能一直在背後盯著他，所以才會追到曉菲的四合院這邊。

傅華驚疑的四下看了看，四周一片寂靜，看不到有什麼可疑的地方。傅華查看了一下車上的物品，跟早上辦公室的情形一樣，並沒有丟失任何的東西。這幫人究竟在找什麼呢？這讓傅華有點百思不得其解，他覺得自己沒什麼見不得人的東西啊，也沒有掌握什麼機密之類的東西，為什麼有人會一而再的翻找他的物品呢？

這讓傅華感到了幾分危險的意味，他感覺下一步這個人很可能會追到他家裏去，就趕忙打電話給保姆，問家中的情形。保姆說家中一切平安，傅華這才鬆了口氣，囑咐保姆關好門窗，這才掛了電話。

回到笙篁雅舍，傅華下車拿著手提包要進樓道，這時樓道門前的陰暗處突然衝出一名男子，一把搶去了傅華的手提包，然後撒丫子就跑，傅華愣了一下，喊了聲搶劫，就趕緊去追。

沒想到這名男子特別善跑，幾下子就跑沒影了。這下子傅華不報警也得報警了，因為他提包裏有很多的證件，萬一被搶走拿去做什麼壞事，不報警也不行。

警察很快就來了，詢問了傅華相關的情況，又調閱了笙篁雅舍的監控錄影。發現搶劫的男子似乎對社區的監控設施十分的熟悉，刻意避開了幾個正面監控的點，監控錄下來的只有男子的背影。對警方破案幾乎毫無價值。

警察做完筆錄後，就離開了。傅華趕忙回到家中，看看家中一切安好，傅瑾睡得正香，這才放下心來。

看向窗外黑漆漆的夜空，傅華感覺下一步對方很可能會闖入家裏，因為對方唯一還沒下手的地方就剩下他的家了。

他對警方並不抱太大的希望，於是撥了劉康的電話。

「沒攪了您的美夢吧？」傅華抱歉地對劉康說。

劉康說：「我還沒睡呢，找我什麼事啊？」

傅華把今天發生的一連串事件跟劉康講，劉康聽完也緊張起來，說：「傅華，你這是被人盯上了啊，你最近得罪了什麼人了嗎？」

傅華納悶地說：「我到現在也想不明白究竟是怎麼一回事。我最近並沒得罪什麼人啊。」

劉康詫異地說：「那就怪了，對方這是想要幹什麼呢？」

傅華猜測說：「對方好像是想從我這裏找到什麼東西，不過我想不出來他們是在找什麼。您能不能幫我安排幾個人，幫我盯著家裏，我不希望嚇到了兒子。」

劉康一口答應說：「這簡單，我讓人安排一下就可以了。不過，傅華，這可不是治本之策啊，要想避免後患，還是儘快查出來是誰在背後搞鬼的才行。」

傅華苦笑說：「我也想啊，問題是搞鬼的這個傢伙神龍見首不見尾，我根本就無從著手。」

劉康說：「也只好先這樣了，你等著，我馬上就安排。」

十幾分鐘後，傅華接到一個陌生號碼打來的電話，對方說：

「傅先生，劉爺讓我們過來，我們就在樓下的車子裏，你有什麼事就打我這個電話好了。」

傅華見劉康安排的人到了，這才放下心。這一夜不知道是劉康安排來的保鏢起了作用，還是那傢伙沒打算闖進來，反正是風平浪靜。

第二天，物業把傅華被搶走的手提包送了回來，說是有人把手提包放在物業的辦公室門前。傅華檢查包內的物品，依舊是什麼都沒丟，甚至連包內的現金都沒被拿走。傅華真是有點無語，搞不懂對方究竟是想要什麼。

海川市。

組織部的白部長宣布了對孫守義市委書記的任命，同時，省裏並沒有馬上免去孫守義的市長職務，看來孫守義還要監管一陣子海川市政府的工作。

送走白部長後，孫守義召集了一個臨時常委會，議題就是研究送金達去北京治療的事。

常委們對此紛紛表示贊同。孫守義說他正好想請假回去探親，順路護送金達去北京，常委盛讚孫守義有情有義，對金達這麼善加呵護。

其實孫守義是有不想單獨見傅華的意思。有金達這個病人在身旁，不但可以免除跟傅華見面的尷尬，也能讓傅華心生愧疚。

此時在北京，傅華從省駐京辦那裏接了曲煒。曲煒這次找了個開會的名義來北京，真正的目的卻是來跟馮玉清見面。雙方約定的見面地點是馮葵一家公司的會議室裏。

馮玉清看到曲煒，馬上迎了上來，說：「曲秘書長，我對您可是聞名已久，今日能夠見到，真是深感榮幸啊。」

馮玉清果然有大家風範，並沒有因為即將出任省委書記擺架子給曲煒看，顯得相當熱情。

曲煒跟馮玉清握了握手，說：「您太抬舉我了。能見到您，我才是感到莫大的榮幸啊，您可能不知道，我以前讀到過很多有關馮老的故事，常心嚮往之，今天有幸在馮老的女兒手下做事，真是與有榮焉。」

曲煒通過表達對馮玉清父親的敬仰，明確地表達了願意歸於馮玉清旗下的意思。

馮玉清心領神會，笑說：「您真是客氣了，手下我可不敢當，我們是工作上的同事，期望我們能夠攜手合作，將東海省搞得更好。」

馮玉清轉而對馮葵說：「小葵，你帶傅主任去參觀一下你的公司吧，我跟曲秘書長有事要談。」

傅華知道馮玉清有些事不方便在他和馮葵面前談，所以才支開他們，就對馮葵說：「那麻煩您了。」

馮葵就帶著傅華出了會議室，裝模作樣的帶著傅華參觀了一番。這個公司規模並不大，幾間辦公室而已，幾下就參觀完了。馮葵對傅華說：「去我的辦公室坐一下吧。」

傅華點點頭，說：「我正想見識一下呢。」

兩人進了馮葵的辦公室，門一關上，馮葵就摟著傅華的脖子，像牛皮糖一樣黏在傅華的身上，傅華急道：「別這樣，你是這裏的老闆，被下面的人看到了不好。」

馮葵笑說：「膽小鬼，外面的人看不到啦。」不過馮葵因為擔心馮玉清會找過來，這才停了下來。

馮葵說：「我怎麼聽說你被人給搶劫了，真的嗎？」

傅華點點頭，說：「是啊，不過邪門的是，對方將我的東西又還了回來。」

馮葵笑說：「還有這麼好的劫匪啊？」

傅華說：「所以我才說邪門嘛，我懷疑他是想從我這裏找什麼東西。」

馮葵開玩笑說：「找什麼東西啊？不會是某個女人寫給你的情書吧？」

傅華笑罵說：「開什麼玩笑啊，現在是電子時代，還有誰會寫情書啊？已經沒有那種癡情的女子……」

說到這裏，傅華忽然頓了一下，臉色驟變，他隱約的想到了這兩天發生的這些怪事的根源了。這個根源還真可能是女人，一個跟他失去了聯繫的女人——喬玉甄。

想想這些事都是從他從香港回北京的那一天開始的，對方的目標就是擺明了想找到某件東西。這件東西並不大，一個手提包就能裝得下，應該是什麼公文之類的東西。

至於是什麼文件這麼重要，讓對方不擇手段想拿回去，傅華覺得很可能是能夠威脅到對方政治生命的東西。

這時傅華想起當初喬玉甄跟他講過的話，說她手裏握有很多強權人物的機密，難道那個傢伙想要找的就是喬玉甄手中握有的機密嗎？

如果是這樣的話，那喬玉甄還真是可能遭遇到不測了，因為喬玉甄如果安全的話，她手中的機密就應該會是安全的，那傢伙沒必要不惜採用違法手段也要找到。

「還真有女人給你寫情書啊？」馮葵看傅華發著呆，用力地掐了傅華的胳膊一下，罵道：「你還真是多情種啊。」

馮葵這一下掐得很用力，傅華叫了一聲：「好疼。」

馮葵笑說：「就是要你疼，你膽子真大，居然在我面前想別的女人?!」

傅華苦笑了一下，說：「我不是去想她，而是感覺她可能遭遇到不測了，對方可能是想從我這裏找到她的什麼東西。」

馮葵不解地說：「怎麼回事啊，我怎麼覺得事情很複雜啊。」

傅華說：「確實很複雜，你先等一下，我要打個電話。」

傅華再次撥了喬玉甄的電話，電話依舊是關機，這把傅華的最後一點希望給關沒了。

傅華又打電話給呂鑫，說：「呂先生，你那邊可找到喬玉甄了？」

呂鑫說：「沒有啊，我讓人找了半天，還是一無所獲。你有什麼新的情況嗎？」

傅華說：「我也找不到喬玉甄的任何消息，不過有個情況很特別……」

傅華就講了這幾天發生的事，猜測喬玉甄很可能真的遭遇到不測。

呂鑫沉吟了半天沒言語，好一會兒才說道：「這也不是不可能的。」

傅華問：「那你可知道一直在幕後支持喬玉甄的人物究竟是誰啊？」

「我不知道，喬玉甄從來沒對我談起過他。」呂鑫想都沒想的回說：「不過不論這個人是誰，他都是一個很強大的存在，所以這件事我勸你還是到此為止吧。」

「可是，喬玉甄總是我們的朋友，我們是不是應該起碼搞清楚她究竟是出了什麼事啊。」傅華知道呂鑫說的是事實，不過就此不再管這件事，似乎有點對不起喬玉甄。

呂鑫勸說：「傅先生，聰明的人知道什麼事情能做，什麼事情不能做。你就當我從來沒問過你喬玉甄的事，把她給忘了吧。」說完就掛了電話。

傅華很清楚這個幕後人物手中的權力絕對是極大的，他一個小小的駐京辦主任要想對抗這樣一個人，根本就是螳臂擋車。但是就這麼放棄，傅華又覺得很對不起喬玉甄，無奈眼前似乎也沒什麼辦法，傅華只好把手機收了起來。

馮葵看著傅華，說：「究竟怎麼回事啊？」

傅華苦笑了一下，無奈地說：「究竟怎麼回事我也搞不清楚。算了，不去管她了。」

馮葵說：「這事很麻煩嗎？」

傅華點點頭，說：「確實挺麻煩的，關鍵是我還不知道對手究竟是誰，也不知道這個失去聯繫的朋友究竟發生了什麼事。」

馮葵聽了說：「敵暗我明，這個仗可不好打啊。你準備怎麼辦？放棄，還是要怎麼樣？」

傅華嘆說：「我現在也不清楚，形勢這麼不明朗，只好先等等看了。」

馮葵說：「照這個形勢確實不宜輕舉妄動，還是靜觀其變的好。」

這時有人來敲門，說曲煒要走了。傅華就和馮葵一起出了辦公室。

馮玉清很客氣的將曲煒和傅華送到樓下，看著兩人上車離開，還衝著兩人揮手告別，充分展示了她對曲煒的尊重。

車子離開馮葵公司所在的大廈，曲煒不禁讚嘆說：「馮玉清不愧是大家子弟，很有風度啊。」

傅華笑說：「看來市長對她的印象很不錯。」

曲煒說：「她是個很有能力的人，比鄧子峰更強的一點是，很懂得分寸拿捏，又有女性特有的柔和，相信未來我們相處將會很愉快的。」

傅華笑了笑，隨口說：「那就好。市長，鄧子峰讓蘇南跟我見面，也聊到了馮玉清。」

曲煒聽了說：「鄧子峰這是有危機感了，他擔心我倒向馮玉清，所以才會向你試探我的動向。」

傅華說：「那市長想怎麼辦呢？現在雙方都積極想要跟您接觸，您會怎麼抉擇呢？」

曲煒笑了笑說：「你想讓我待價而沽啊？這是不行的。我這個人向來不做騎牆派，選定跟著哪一方走，就會跟著哪一方走，不會首鼠兩端。騎牆派雖然安全性比較高，但是無法得到人家的信任。再說，在這件事情上，我也沒有騎牆的餘地。」

傅華看了曲煒一眼，問：「市長為什麼這麼說？」

曲煒解釋說：「鄧子峰在這段時間有點盛氣凌人，很多地方對呂書記不夠尊重，呂書記手下的一些人對他很看不過眼，我如果跟他走在一起，馬上就會被視為叛徒的。」

傅華馬上就明白曲煒的顧慮所在了，曲煒現在之所以被鄧子峰和馮玉清所看重，主要是因為曲煒手裏還攏著呂紀一系的人馬。沒有呂紀人馬的支持，曲煒的重要性馬上就會降低很多。所以表面上看，曲煒似乎有兩個選擇，但實際上曲煒只有跟馮玉清走在一個陣營，才會得到最大的政治利益。

曲煒這時又說：「我聽說金達要來北京治病？」

傅華說：「是的，市裏已經通知駐京辦了，孫守義到時會陪同金達一起來北京。」

曲煒說：「那你準備怎麼面對金達啊？」

傅華嘆說：「我還能怎麼面對，按照正常的程序接待就是了。」

曲煒搖搖頭說：「你不能就簡單的按照正常程序去接待，要高規格去接待他，力爭把每個細節都做到最好。」

傅華不禁說道：「市長，那樣豈不是有點假？大家都知道金達跟我是怎麼一回事啊。」

曲煒分析說：「假是假，但是你卻不得不這麼做，官場上看的就是這種表面功夫。這次金達中風雖說怪不到你的頭上，但是人的心理總是同情弱者的，很多人會因此對你有負面的看法。如果你把金達的接待工作做得好一點，儘量讓他的家屬滿意，別人就會覺得錯不在你，而是金達度量小了。」

傅華點點頭，受教地說：「市長，看來是我輕忽了，行，我會跟院方協調一下，儘量讓醫院給金達安排好一點的治療條件。」

曲煒又說：「你千萬不要小看這些事，這些小事往往就像是下棋的勝負手，能夠輕易的扭轉對你不利的局面。你把金達的接待工作做好了，在海川政壇上也會有個好名聲，這樣別人也不會處處防備你了。」

傅華笑說：「其實有惡名也不是壞事，天策集團的胡瑜非說，只有讓別人畏懼你，他才不敢來招惹你。」

曲煒不以為然地說：「傅華，你骨子裏不是壞人，強要去學壞人，會把自己搞迷失的。」

傅華心說我倒是想做好人，可是做好人的結果卻是處處碰壁，就連金達這種人也要來整我，所以一味的做好人在現今這個社會根本就行不通。

傅華雖然不贊成曲煒的意見，但是他一向對曲煒十分的尊重，便說：「我明白了。不過，不知道金達會不會因此生我的氣呢？」

金達的度量狹小，說不定會以為傅華是故意氣他才這麼做的。

曲煒說：「你不用管他怎麼看，反正你也不是做給他看的。」又交代說：「我明天就回東海，你就不用管我了。再是，你也不要管我跟馮玉清的關係如何，鄧子峰那邊，你該怎麼做還怎麼做，你的層次還關係不了大局，所以無需選邊站。」

把曲煒放下，傅華就開車回駐京辦。在路上接到了馮葵的電話。

「有句話忘記跟你說了，如果你處理那件麻煩事遇到什麼困難的話跟我說一聲，我會想辦法幫你的。」

「謝謝你了，小葵。」

傅華心中很感激馮葵，實際上他對要去對付喬玉甄身後的那位大人物心中不無畏懼，此刻有人站出來說會跟他一起面對，讓他心中多少有了些底氣。

馮葵笑笑說：「我是誰啊，我是你老婆耶，我不幫你誰幫你啊？」

傅華嘴甜地說：「那謝謝你了，我的親親老婆。」

第七章

越描越黑

孫守義猜測何飛軍是因為顧明麗的事而心虛。
但是孫守義猜錯了，
何飛軍並沒有在這件事情上多想什麼，
他也不想跟孫守義多做什麼解釋。
這種事只會越描越黑，解釋的越多，越是令人懷疑，
索性不如不解釋。

傅華回到駐京辦，就開始聯繫金達入住醫院的事。

剛好徐琛說他跟院方很熟，當初院方為了爭取某個科研頁目的資金，請他父親吃過飯，他當時也參加了，就出面幫傅華打電話給院長，院長對此很重視，提出要看金達的病歷，好針對病況研擬相應的治療方案。

傅華就從海川市那邊要了金達的病歷傳真給院長，院長馬上號召專家進行研討，擬定了初步的治療方案，就等金達到了之後，根據金達的身體情況展開治療。

就在一切準備就緒之後的第二天，孫守義陪同金達和萬菊抵達了北京。金達坐著輪椅，孫守義推著他，萬菊則拎帶著隨身物品跟在一邊。

孫守義心中想著等會兒傅華見到金達，不知會是一個什麼樣的表情，一定很尷尬。沒想到遠遠的看到傅華，孫守義就知道他把傅華想得太簡單了，傅華根本就沒有絲毫的尷尬，反而抱著鮮花，面帶笑容的迎了上來。

跟傅華一起過來的還有幾名醫護人員，傅華先把花遞給金達，然後介紹了醫護人員的身分，為主的是一名神經內科專家，負責金達的治療工作。

專家告訴萬菊，醫院已經根據金達的病歷制定了初步的治療方案，讓萬菊放心，他們會盡一切努力治療金達的。

過程中，傅華一直留意金達的表情，他擔心金達看到他會很生氣，帶醫護人員來的原因之一，也是因為怕金達因為生氣，病情發生變化，醫生在場也好進行救治。

慶幸的是，金達的表情很平淡，不過傅華可以感覺得出來，金達的心情很複雜，因為金達看了他一眼之後，就把眼睛給閉上了，顯見金達還是不待見他。

萬菊則是激動地握著傅華的手，說：「小傅，謝謝你。你能這麼幫老金，我們全家都感激你的。」

眾所周知，北京的這些大醫院看病困難重重，為了聯繫這家醫院的床位，萬菊動用了不少關係，卻僅僅聯繫到床位，找專家治療還需要排隊。萬菊正為這件事犯愁呢，沒想到一下飛機，專家居然等在機場，還表現得十分殷勤，讓她喜出望外，這都該感謝傅華啊。

傅華笑笑說：「您客氣了，金書記也是因為工作才變成這樣的，我們應該為他做點事情。」

萬菊感慨萬千的說：「小傅，老金到今天這個地步，能像你這麼想的人真是沒有幾個了。」

萬菊這話打擊面有點大，連推著金達的孫守義臉色也有點難看了起來。

傅華趕忙圓場說：「大家其實都很關心金書記的，您看，孫書記這不親自送金書記來北京了嗎？」

萬菊也意識到了話中有語病，笑笑說：「是啊，孫書記對我們老金也很呵護的。」

這時醫護人員從孫守義手中接過輪椅，推著金達往外走。

傅華從孫守義的臉上的神情中，隱約感覺到孫守義這次陪金達來北京，其實是想看他的笑話的。就笑笑說：「孫書記，我這麼安排您還滿意嗎？」

孫守義乾笑了一下說：「不是滿意，而是太滿意了，傅華，你這次做得太棒了。」

傅華笑笑說：「沒什麼，只要您滿意就好。」

出了機場大廳，金達和萬菊上了醫院的救護車，直奔醫院而去。孫守義則是上了駐京辦的車。

兩人在車上皆沉默不語，車開出一陣子，傅華先打破沉默，說：「還沒恭喜孫書記高升呢。」

孫守義總覺得傅華的話中帶刺，說：「什麼高升不高升的，這都是上面安排的工作，成天連軸轉，一點也不輕鬆。」

傅華沒有再接下句，兩人出現了一個短暫的冷場。

過了一會兒，孫守義才說：「這次你安排得很好，回頭跟院方講一下，要用最好的措施給金書記治療，務必把金書記治療好。」

傅華說：「行，我會按照您的指示去辦的。」

兩人再度冷場起來。孫守義索性閉上眼睛，不再講話了，車子裏的氣氛格外的沉悶。

車子直接將孫守義送回家，傅華陪孫守義下了車，孫守義說：「行了，你回去吧，不用送我上去了。」

回到家，沈佳在家等著他。看到孫守義便說：「傅華送你回來的啊？」

孫守義憤憤地說：「是啊，這傢伙越來越會演戲了，你沒看到今天在機場，他把救護車都搞出來了，似乎金達的病十分嚴重一樣。他忘了金達的中風可是他給氣出來的。」

沈佳說：「守義，我怎麼覺得你有些氣哼哼的？傅華讓救護車去接金達，可能也是為了方便金達住院治療，這麼做讓人說不出他什麼來的。」

孫守義氣說：「就是因為讓人挑不出什麼毛病才顯得這傢伙陰險，你以為他是真的為金達好嗎？他那是表演給大家看的，讓人覺得他多麼的大度，跟金達有了衝突還能對金達這麼好，真是夠假仁假義的了。」

沈佳笑說：「我覺得傅華沒你想得那麼不堪吧？」

孫守義搖搖頭說：「小佳，你不懂，傅華已經不是我們剛認識時的那樣了，他現在變得心狠手辣，還很善於偽裝，現在的他讓我都感覺可怕。」

沈佳覺得孫守義有點小題大做，她覺得傅華這麼做完全合乎情理，反倒是孫守義太過計較了，於是勸道：「行了守義，別跟傅華生這個氣了。你剛升為市委書記，應該高興才是啊。」

當晚，孫守義和沈佳去了趙老那裏，當面跟趙老道謝。

趙老看到孫守義顯得很高興，說：「小孫，不錯啊，下去工作這麼短的時間，就成了主宰一方的市委書記了，很好啊。」

孫守義感激地說：「這都該感謝老爺子您，沒您的提攜之恩，我哪有今天啊。」

沈佳也說：「是啊，老爺子，守義能有今天完全是靠您的幫忙。」

趙老說：「不能這麼說，我幫小孫只是一方面，也得小孫有這個本事和運氣啊，沒本事就算是扶到高位上，他也是坐不住的。當然最主要的是運氣，小孫每一步的機會都抓住了，這就是他的運氣啊。」說到這裏，又轉頭看了看沈佳，說：「小佳，你當初選擇小孫很有眼光，照這個勢頭發展下去，不用幾年他就會超過我當年的成就了。」

沈佳笑說：「老爺子，您也太瞧得起他了，他離您還有很長距離的。雖然說從正廳到副省好像只差一級，但這一級能邁過去的人卻是寥寥無幾。老爺子，您還得為他多操心啊。」

趙老笑笑說：「小佳你放心吧，既然我把小孫扶上了馬，當然免不了還要送他一程了。不過小孫啊，醜話我可說在前面，我幫你是肯定的，但是打鐵也要自身硬，你自己可別出什麼問題，否則我就是有心幫你也沒用的。」

孫守義趕忙說：「老爺子，您放心，我一向是按照您的要求嚴格要求自己的。」

趙老看了孫守義一眼，說：「希望你說到做到。還有，以後你的眼光要放遠一點，要多往上看，不要太糾纏於地方上雞毛蒜皮的小事，這樣不但會降低你的格局，也會惹到一些沒必要惹的人，反而成為滯礙你上升的因素。這次金達就是一個很典型的例子，雖然他本身上位的機率不大，但是他不去招惹傅華的話，後面很多事就不會鬧出來，他也不會最後這麼狼狽。」

孫守義知道趙老認為他當初附和金達是做錯了，所以才會特別提點他。

趙老接著說：「不要看不起小人物，小人物雖然不起眼，但是很多大人物都是栽在小人物手中的。」

沈佳附和說：「是啊，守義，我也覺得你不該開罪傅華的，我看是不是找個機會修補一下你們的關係啊？如果你拉不下這個臉，我來出面也行。我請傅華吃個飯，到時候你再委婉的跟他道個歉，這件事就過去了。」

「道歉，那怎麼行？」孫守義不高興的說：「小佳，你讓我這個市委書記以後在傅華面前還怎麼抬得起頭來?!」

趙老聽了也說：「道歉是有些不太妥當，傳出去會損害到小孫今後在海川的威信的。」

沈佳為難地說：「那老爺子您說怎麼辦才好？」

趙老想了想說：「還是照我說的那樣，別去跟他糾纏就是了。好在處分傅華是金達搞出來的，他會把大部分責任放在金達身上。冷處理一段時間，這件事就會被淡化的。」

孫守義點點頭說：「老爺子您說的是，我不去搭理他就是了。」

與此同時，在胡瑜非家中，胡東強、胡瑜非和傅華正在一起吃飯。

胡東強和傅華確定在明天飛往海川進行考察，胡瑜非準備這場家宴有給兩人餞行的意思。

三人碰了杯，各自喝了一口酒。

放下酒杯後，胡東強對傅華說：「傅哥，你挺有意思的，我聽琛哥說，你專門托他幫金達跟醫院打了招呼，你這是搞得哪一齣啊？你忘了當初金達是怎麼對付你的啦？」

胡瑜非聽了說：「你幫金達安排醫院了？」

傅華點點頭說：「醫院並不是我選的，我只是托琛哥跟院方打了聲招呼。琛哥的面子夠大，院方去機場接人，直接就讓金達入院治療了。」

胡瑜非轉頭看了看兒子，正色問說：「東強，你覺得傅華這是玩的什麼把戲啊？」

胡瑜非這是要考胡東強的意思，胡東強沉吟了一下說：「難道這也是傅哥報復金達的手法之一？」

胡瑜非笑笑說：「東強啊，好好跟傅華學學吧。還有什麼能夠比讓對手不得不接受你的恩惠更讓對手難堪的了？金達現在就像是沒牙的老虎，這時候你還像以往那樣針對他，別人會覺得你不夠厚道；倒是像傅華這樣，既讓對手難堪，又給了社會公眾好的觀感，一舉兩得啊。」

傅華笑說：「胡叔，我沒這麼聰明，我這麼做是因為我的老領導曲煒讓我這麼做的。他覺得金達中風讓我的形象受損，幫金達安排治療是一種挽回形象的舉措。他希望我能做回原來一個好人的本分。」

胡瑜非說：「他讓你做這件事是對的，但是你這哪是做好人啊，如果我是金達，我會覺得你這是對我的羞辱。」

傅華說：「金達感沒感覺被羞辱我不知道，但是我確實知道他並不感激我倒是真的。」

胡瑜非說：「做官又不是做善人，你要那麼多感激幹嘛？誒，傅華，你選擇這個時間去海川，是不是想避開孫守義啊？」

傅華點了點頭，說：「也有點吧，孫守義是新科的市委書記，風頭正勁，我還是避其鋒芒比較好。」

胡瑜非說：「你能避開一時，卻不能避開一世，下一步你對他有什麼打算呢？」

傅華聳聳肩說：「我還真的沒什麼打算，看情況吧，人不犯我，我不犯人。」

胡瑜非不以為然地說：「你這個態度有點消極啊，等人犯你的時候你再去還擊，可就被動了。下棋講究爭先，落後一招可是縛手縛腳的。」

傅華笑說：「胡叔，你要知道，有時候臺面上看得到的領先，不一定是真的領先啊。」

胡瑜非看了看傅華，大笑了起來，說：「呵呵，這倒也是。」

第二天一早，傅華和胡東強以及一班隨行人員就飛往海川。

孫守義知道傅華帶著天策集團的人去了海川，來到駐京辦。何飛軍知道他來北京，便打電話說要跟他彙報在黨校的學習情形。

孫守義感覺何飛軍並不是真的想要報告什麼學習情形，而是因為顧明麗被公安部門扣留，何飛軍想要來試探一下他的態度；正好孫守義也想看看何飛軍會以什麼樣的嘴臉出現在他的面前，所以兩人就約在駐京辦見面。

羅雨帶著駐京辦的工作人員迎接孫守義，孫守義講了幾句套話，就讓這些人各自散開了。

何飛軍早就等在駐京辦，孫守義打發了駐京辦的工作人員後，對何飛軍說：「老何，我們去會議室坐一下。」

孫守義注意到何飛軍的神色似乎有幾分焦躁，心裏猜測何飛軍是因為顧明麗的事而心虛。他覺得何飛軍會在他面前儘量為顧明麗辯白，因此等著何飛軍先來跟他解釋這件事不是顧明麗做的。

但是孫守義猜錯了，何飛軍並沒有在顧明麗被揭發找人跟蹤孫守義這件事情上多想什麼，他也不想跟孫守義多做什麼解釋。這種事只會越描越黑，解釋的越多，越是令人懷疑，索性不如不解釋。

其實，何飛軍真正焦躁的原因是出在吳老闆和歐吉德身上。原來歐吉德答應讓他出任營北市市長的時間早就到了，但是東海省的組織部門卻遲遲沒有下發任何通知給何飛軍。他詢問歐吉德，歐吉德卻托詞說組織部門正在走程序，讓何飛軍耐心再等等。

這讓何飛軍聞到了一股不祥的味道，覺得這個歐吉德並不像吳老闆所說的那麼可靠。如果歐吉德不可靠，那麼他出任營北市市長的可能性就不大了，何飛軍開始有了危機感，感覺需要重新審視一下他和孫守義的關係。

他跟孫守義的關係鬧得這麼僵，孫守義現在又成了海川市的市委書記，那他下一步在海川的日子恐怕就不會好過了。他必須趕緊修補跟孫守義的關係。因此何飛軍才提出要跟孫守義見面。

何飛軍說：「孫書記，我還沒向您恭喜您被任命為海川市的市委書記呢。」

孫守義笑了一下，說：「謝謝了老何，今後我擔的擔子更重了，你可要多支持我的工作啊。」

何飛軍笑笑說：「孫書記，看您這話說的，我不一直是您的兵嗎？除了支持您，我還能支持誰啊？」

何飛軍看了孫守義一眼，暗暗觀察著孫守義的態度。

孫守義心說：哼！說的比唱的還好聽，你心中巴不得我趕緊下臺吧？嘴上卻說：「老何，千萬不要這麼說，我們都是為組織工作，什麼你的兵我的兵的，都是組織上的兵才對啊。」

何飛軍笑笑說：「是，您說得對，我們都是組織上的兵。現在我跟您彙報一下我在黨校的學習情況。」

何飛軍中規中矩的報告了他在黨校學習的狀況，孫守義心說：你這個混蛋總應該說點跟顧明麗找人跟蹤他有關的話了吧？哪知道何飛軍根本就沒打算跟孫守義解釋這件事。

他看了何飛軍一眼，正碰到何飛軍的眼神也在偷看他。兩人眼神交會的一剎那，孫守義感到何飛軍的眼神顫慄了一下，顯然心裏有些慌張，於是促狹的說：「老何啊，顧明麗回去有沒有在你面前埋怨我啊？」

何飛軍錯愕了一下，隨即就恢復了正常，說：「顧明麗埋怨您幹什麼啊？她也知道那是公安胡亂辦案造成的誤會，責任在公安身上，根本就怪不到您頭上的。」

孫守義越發感覺到何飛軍的狡猾，輕輕一句話就四兩撥千斤的把事情推到了公安頭上，自己和顧明麗反而撇得一乾二淨。要是孫守義不知道內情，還真的會以為兩人是清白的呢。

孫守義笑了笑說：「她沒埋怨我就好，我還擔心會因為這件事搞得我們之間不愉快呢。」

何飛軍說：「那肯定不會的。」

孫守義說：「那就好，日後我的工作重點會轉移到市委那邊去，市政府這邊就需要多仰仗老何你了。」

何飛軍並不相信孫守義的說辭。不過他樂得跟孫守義維持這種表面上的和諧，就說：「孫書記放心，只要我何飛軍能夠做到的，一定會為您肝腦塗地的。」

這兩個面和心不合的傢伙中午還一起吃了飯，吃過飯，何飛軍便匆忙的趕回黨校去了。

傅華和胡東強到達海川，是曲志霞到機場接機的。將一行人送到海川大酒店，讓他們先稍事休息。

臨近中午的時候，胡俊森過來找傅華。傅華注意到這位曾經十分傲慢的博士副市長眉宇間充滿了疲憊，想來為了新區上馬的事碰了不少壁。

胡俊森說話的語氣也變得客氣很多，他跟傅華握了握手，說：「傅主任，歡迎你回海川市。我來是想跟你談一下新區的情形。」

直接了當這一作風，胡俊森倒是絲毫沒有改變。傅華很欣賞胡俊森這一點，不過欣賞歸欣賞，他卻不會把天策集團的灌裝廠介紹到新區去。

一個工廠要想運作得好，需要大量的配套措施，海川新區現在欠缺的就是這一點，目前東海政局正是動盪時期，舊班子還沒走，新的班子還沒有產生，人心惶惶，這時候誰還會有心思去考慮什麼新區的建設啊。

這就把新區放到了一個相當尷尬的位置上，姥姥不疼，舅舅不愛，也只有胡俊森才會為這個新區這麼著急的四處奔走。

傅華笑說：「胡副市長，您還是別浪費口舌跟我談什麼新區了，我坦白跟您講，天策集團是不會把灌裝廠放在新區的。」

胡俊森苦著臉說：「你別這樣啊傅主任，我什麼都還沒說你就把我的路給堵死了。你應該知道新區代表著海川市的未來，如果你能讓天策集團在新區搶佔一席之地，未來新區發展起來，他們一定會獲利豐厚的。」

傅華說：「胡副市長，未來可是很久遠的事，您是懂經濟的，應該知道有時候企業不能太過超前，太過超前，市場還沒成熟，企業的盈利空間就很小，反而不利於企業的發展。」

胡俊森不放棄地說：「可是天策集團的灌裝廠不存在這個問題，他們不需要培育市場，只要生產出產品就可以了。」

傅華反問說：「但是配套設施呢？你讓天策的灌裝廠孤零零的放在新區，交通什麼的都不方便。說到這裏，胡副市長，不知道您想過沒有，其實新區招商的工作做不起來，估計也是與配套設施上不來有關吧？您應該要從這方面著手，而不是盲目的拉企業去進駐。否則的話，就算你把企業拉進了新區，恐怕也是留不住的。」

胡俊森苦笑了一下，說：「我何嘗不知道這一點呢，只是市裏面給的啟動資金少得可憐，根本就無法上什麼配套設施啊。」

傅華提示說：「您不要把目光僅盯著海川市，海川自身的財政能力是無法支撐新區需要的，您應該把目光放到省裏去。否則新區頂多就是一個新的開發區罷了，根本達不到您想的那種功能和規模的。」

胡俊森不禁佩服地說：「難怪很多人跟我說傅主任懂經濟，果然一眼就看出了問題所在。既然你看出了問題所在，不知道可有什麼解決這個問題的辦法可以教我？」

這個胡俊森還真像是受了很大的挫折打擊的樣子，居然肯低下頭向傅華請教。傅華很想幫他，卻也沒有什麼走出困局的好辦法，只好說：「我是半吊子水準，光能看出問題，卻沒有什麼辦法可以教你。」

胡俊森不相信地說：「傅主任不要謙虛了，很多人都說金達書記的藍色海洋經濟戰略其實是受了你的啟發才搞出來的。怎麼，你是覺得我胡俊森不值得指點嗎？」

傅華說：「那是誇大其詞了，其實金書記的藍色經濟戰略是他自己的創想，不過這個創想成型的時候，金書記正好在北京，很多人就把這個功勞歸功於我了。至於您，我可是十分尊重的，其實我也覺得您的新區規劃很有前瞻性，不過它誕生的時機很不巧，正處於東海省高層變動的震盪時期，在這個時候，是沒有哪個高層領導還有心思來搞這個新區的。」

胡俊森無奈地說：「這我也知道，但是我總不能就這麼坐著等吧？」

傅華說：「坐等當然不合適，您可以做一些力所能及的工作，比如調配新區所需的工作人員，又比如做好新區的一些程序上的事務。」

胡俊森苦笑說：「新區現在幾乎是一無所有，誰會願意來工作啊。」

胡俊森也曾打過幾個比較能幹的人的主意，想把他們調到新區來幫忙啟動新區的建設。一開始這些人看新區好像很有前途，有意跟胡俊森來新區工作，但後來看新區的啟動工作呈現停滯狀態，前景不明，這些人就打了退堂鼓，紛紛婉拒了胡俊森的調動。

對此胡俊森也能理解，這些人都有家有口，事業正處於巔峰期，讓他們來這個看不到什麼前景的新區，他們當然有所顧慮。但是能力太差的或者混日子的人他又不想要，十分傷腦筋。

傅華說：「你想要那種當紅炸子雞來，顯然不切實際；但是如果把那些在單位失勢或者賦閒的人找來，我想還是大有人在的。」

官場上向來是一朝天子一朝臣，新王登基，第一步工作往往是清理舊王的人脈，所以每個單位中總是有那麼幾個雖然有能力卻不得志的傢伙。這些人年紀也不大，很想做點事，傅華覺得胡俊森在這時候給他們機會，他們絕對會對胡俊森感激涕零的，也必然會為新區的啟動盡一份力量。

這些人群策群力，當然遠勝胡俊森一個人像沒頭蒼蠅一樣的四處亂撞；而且對胡俊森來說，這麼做還有一個好處，那就是新區如果發展起來，這些人會把胡俊森視為他們的伯樂，他們也會成為胡俊森堅定的班底，成為胡俊森未來在政壇上的本錢。

胡俊森的眼睛亮了起來，他是絕頂聰明的人，馬上就明白了其中的關竅，笑說：「你這個觀點啟發我了，我怎麼忽視了這批人呢？」

傅華心想：你這麼年輕就做到海川市的副市長，春風得意，眼高於頂，當然看不到那些陽光照不到的角落了。

傅華笑笑說：「看來胡副市長已經知道該做什麼了，是不是就沒有必要再在我這裏浪費時間了。」

胡俊森露出笑容說：「我知道該做什麼了，不過在你這裏我也不是浪費時間，我很受啟發啊。誒，你要答應我，等我把新區的基礎工作做好，到時候你可要多領幾個投資商回來啊。」

傅華答應了，說：「這是我份內的工作，不用說我也會這麼做的。」

胡俊森高興地說：「謝謝你啦傅主任，誒，找個時間我請你吃飯吧，感謝你給我解決了一個大難題。」

傅華婉謝了，說：「這頓飯您還是省下來吧，我想您大概也知道我在海川可是並不受某些領導的待見的。」

胡俊森毫不在意地說：「別管那些，我胡俊森可不怕別人給我臉色看。」

胡俊森的這種熱血和仗義讓傅華心中激動了一下，這種人現在在官場上已經不多見了。當年的金達身上也有這種熱情，只是金達還沒有胡俊森這麼鬥志昂揚；傅華很看好胡俊森，也希望胡俊森未來能夠在海川市做出一番成績來。

但是傅華知道光憑熱血是不夠的，有時候還是需要講點策略。胡俊森的新區規劃要落到實處，有一個人很關鍵，這個人就是海川現任的市委書記孫守義。在胡俊森和東海省之間，孫守義起了承上啟下的作用，他對新區規劃的支持與否，對新區規劃能否落到實處將會起到決定性的作用。

然而現在孫守義對他心存戒心，傅華可不想因為胡俊森跟他的交往，讓孫守義也把胡俊森劃到對手的行列當中去。就笑笑說：

「胡副市長，我很感激您這麼看得起我，不過某些領導對您的這個新區規劃很重要，我不想因為一點小事影響了新區的發展，所以這頓飯您就先欠著我吧，等有一天無需顧忌什麼時您再請我，我保證一定赴約。」

雖然傅華沒點名，但是胡俊森也知道他說的人指的是孫守義。也確實是，孫守義的態度對新區的發展很重要。他並不是一個糾纏細節的人，就笑笑說：「那這頓飯就先記下來好了。」

胡俊森就離開了。傅華看著他，臉上露出了一絲笑容。有能力的人是不會甘願久居人下的，看得出來，胡俊森對孫守義並不十分尊重。

再往深處想，傅華感覺孫守義這個市委書記不一定會幹得那麼順暢。市委副書記于捷、常務副市長曲志霞都跟孫守義不對盤，加上這個胡俊森對孫守義也不是那麼服貼，還有一個何飛軍，本身就不靠譜；這麼盤算下來，海川已經有不少反對孫守義的力量，假使這些反對孫守義的力量集結起來，將會給孫守義製造出重重障礙，未來孫守義的工作開展一定會困難重重的。

晚上，曲志霞在海川大酒店設宴招待胡東強和天策集團一行人。

這種接風晚宴是禮貌性的宴會，曲志霞跟天策集團也沒太多的交集，雙方可交流的話題並不多，因此不長的時間就結束了。

結束後，胡東強和天策集團的人回了房間，傅華則送曲志霞離開。在一樓大廳，正遇到市委副書記于捷跟一群人在那裏說話。

于捷看到曲志霞和傅華，立即迎了過來，先跟曲志霞打了聲招呼，然後拍了一下傅華的肩膀，說：「傅主任什麼時間回海川的？」

傅華看于捷滿臉通紅，知道于捷喝的有點多，便說：「今天剛回來的，于副書記今晚喝得很高興啊。」

于捷大著嗓門說：「高興！我有什麼不高興的?!我雖然是個市委副書記，一樣也很高興，起碼我自在啊，不像某些人累得都中風了。」

傅華聽出于捷語氣中帶著強烈的不滿，想來于捷也惦記過市委書記的位置，卻被孫守義拿走了，心中肯定很沮喪。作為下屬，傅華也不好說什麼。

曲志霞在一旁勸道：「老于，你今天喝得有點多了，早點回去休息吧。」

于捷眼睛一瞪，說：「誰說我喝多了?!老曲，你別這麼看我，我不是無能，我不比那孫守義差多少的。我升不上去，不就是朝中無人嗎？唉，早知道我也找個像那樣醜的老婆就好了，那樣的話，我也可以憑裙帶關係爬到市委書記的寶座上去的。」

第八章

慘遭綁架

傅華愣了一下，
心臟劇烈地跳動著，對方還是直接找上他了。
傅華知道只要是跟這兩名壯漢一走，肯定凶多吉少，
他不甘心就範，用力掙扎想要掙脫兩名壯漢的挾持，
叫道：「你們什麼人啊，你們這是綁架，知道嗎？」

于捷這個牢騷發得倒也不是一點道理都沒有，他本身資質不算平庸，要不然也不會做到市委副書記了，以他的資歷本來應該有機會再往上走一步，但是于捷就倒楣在他遇到了金達和孫守義這兩個傢伙。

金達是郭奎和呂紀一直不遺餘力扶持的對象，而孫守義是中央部委跟地方的交流幹部，身後又有老婆家族中的人脈在關照著，跟這兩個人競爭，于捷一點優勢都沒有，被牢牢地釘在了市委副書記的位置上，絲毫動彈不得，不得不說他的運氣實在是差了那麼一點。

曲志霞看于捷越說越不像話，這是公眾場合，傳出去影響可不好，趕忙喝止說：「行了，老于，別喝點酒就瞎嚷嚷，趕緊回去睡覺去。」

于捷大著舌頭說：「我說錯什麼了嗎？我沒說錯……」

這時，于捷的司機和秘書趕了過來，拉住于捷說：「于副書記，您真的喝多了，走吧，我們送您回家。」

于捷卻還掙扎著不肯回家，最後被曲志霞命令他的秘書和司機強行將他拖走了。

曲志霞不禁搖頭說：「老于這個人啊，喝點酒就控制不住自己了。也是啦，這幾年他大概也憋屈壞了。」

傅華笑了笑，沒說什麼，他感覺于捷雖然喝了酒，但是言辭和思維都很清楚，像是在借酒裝瘋，故意發洩心中對孫守義的不滿。

于捷今天的話明顯是揭孫守義的短，特別是說出孫守義娶了醜老婆，借裙帶關係往上爬，這兩點是孫守義最痛的痛腳，估計孫守義聽到一定會氣得跳腳的。

但是于捷滑頭的地方，就在於這些話是他在酒醉的狀態下，或者說是裝醉的狀態下說出來的，孫守義即使再生氣，也無法去跟一個醉漢計較，只能吃啞巴虧了。

于捷走後，曲志霞也出了一樓大廳，上了車，就在司機發動車子要離開時，她搖下車窗，小聲問傅華道：「傅主任，你最近跟喬玉甄喬董有沒有聯繫啊？」

傅華回說：「沒有，她的電話打不通，誒，曲副市長，您知道她身在何方嗎？」

曲志霞搖搖頭說：「我怎麼知道，我現在也聯繫不上她了。」

傅華好奇問道：「那您找她幹嘛啊？」

曲志霞掩飾地說：「還能幹嘛，就是有段日子沒見，想跟她聊聊天罷了，誰知道竟聯繫不上她了。行了，我走了。」就讓司機開車離開了。

傅華笑了一下，他才不相信曲志霞只是想跟喬玉甄聊天那麼簡單，現在孫守義成了海川市市委書記，市長寶座應該很快就會空出來，曲志霞一定是覬覦市長寶座，打著想找喬玉甄幫忙的主意。

只是，她也不想想孫守義會願意讓她來出任海川市市長嗎？另一方面，她擔任常務副市長的時日很短，從資歷上是沒有機會升職的。

傅華早提醒過曲志霞這次沒有機會，但可能是權力對她的誘惑太大，她還是想要去爭取一下。

第二天，曲志霞便陪同傅華和胡東強去看了海川附近的幾個地塊。這幾年大搞經濟，幾乎每個地方都有這樣或者那樣的開發區。

胡東強最後選定了兩塊位於海邊的土地，跟海川市索取了相關的土地資料，準備在這兩個地塊當中二選一，作為灌裝廠的廠址。當然最終的確定權在天策集團的董事會。

選定之後，一行人便回返市區。

在路上，傅華接到保姆打來的電話，保姆聲音顫抖地說：「傅先生，你家遭小偷了。昨天上午爺爺想傅瑾，派人把我們接了過去，晚上我們就住在爺爺那兒，剛才我回去給傅瑾拿玩具，看到家裏被翻得亂七八糟的，特別是你的書房，被翻得一片狼藉，幾個鎖著的抽屜都被撬開來。還好貴重的物品倒是一樣沒少。」

傅華早有心理準備，他的辦公室、車和手包都被人翻查過，這下子連家也被翻過了，估計那幫傢伙這下該死心了。就讓保姆報警，其他的事等他回去再說。保姆答應了，就掛了電話。

胡東強看了看傅華，說：「怎麼啦？家裏出什麼事了嗎？」

傅華無奈地苦笑了一下說：「家裏被人偷了。」

胡東強詫異地說：「你那兒不是高檔社區嗎？怎麼還會被人偷了呢？有少什麼東西嗎？」

傅華搖頭說：「最奇怪的就是沒少什麼貴重的東西。」

胡東強笑說：「這是有人在跟你惡作劇吧？」

傅華心想我倒希望是有人在跟我惡作劇，不過這顯然是喬玉甄身後的那位大人物想從他這裏找到什麼。

傅華的頭大了起來，這件事越來越複雜了。對方為什麼會認為東西一定在他這裏？而他要找的東西又是什麼？現在對方能找的地方都找了，會不會就此罷手呢？

這些問題傅華沒有答案，只能避重就輕地說：「也許真是惡作劇吧。」

晚上，孫守義陪著妻子和孩子一起吃晚餐。

今天他過得很充實。先是去醫院看了金達。金達在醫院被照顧的很好，萬菊十分滿意，對孫守義表示了誠摯的謝意。

之後，又去農業部看望以前的同事。老同事們紛紛向孫守義表示恭喜他做了海川市的市委書記。看到同事們豔羨的眼神，讓孫守義頓時有衣錦還鄉的感覺，心情格外的愉快。

孫守義也沒有忘記市委書記的職責，趁此機會向舊同事尋求支持。舊同事樂得錦上添花，答應了孫守義一筆資金和兩個項目，因此孫守義這一趟回來算是收穫頗豐。

因此餐桌旁的孫守義跟沈佳談笑風生，並不時的跟兒子開幾句玩笑，一家三口其樂融融。

就在這時，孫守義手機響了起來，是海川一位關係還不錯的下屬打來的，孫守義接通了。

聽著聽著，他臉上的笑容消失了，變得鐵青，因為這個下屬跟他講了于捷昨晚喝醉酒時，在傅華和曲志霞面前大肆批評他的那些話。

于捷的話大揭他的瘡疤，讓孫守義異常震怒，醜老婆和裙帶關係這兩樣是孫守義最不願意被觸及的話題。此刻要不是于捷不在他面前，否則他很有可能衝過去狠狠地揍他一頓。

沈佳看到孫守義的臉色變化，忍不住關切的問道：「守義啊，你怎麼了？發生什麼事了嗎，你怎麼臉色變得這麼難看？」

「還不是傅華那個混蛋，」孫守義氣呼呼地說：「這傢伙昨天和于捷一唱一和的，大庭廣眾下說我的壞話。」

「什麼話把你氣成這樣啊？」沈佳問。

孫守義怕沈佳聽了難受，就淡淡的說：「也沒什麼啦，就是工作上的一些事。」

沈佳有些懷疑地說：「守義，是不是你凡事都用有色眼鏡去看傅華呢？據我了解，傅華這個人很客觀，如果是工作上的事，可能真的是你在什麼地方做得不好了。」

孫守義憤慨地說：「我才沒那麼小氣，你知道于捷本來就跟我有嫌隙，他喝醉了發作我幾句很正常，可是傅華沒有喝醉，他不該故意引誘于捷去說些不該說的話，這不是故意針對我是什麼？」

沈佳就越發懷疑于捷的話不是與工作有關了，質疑說：「守義，你老實告訴我，于捷究竟說了什麼？肯定不是工作上的事。」

孫守義回避說：「哎呀，都是些無關緊要的事，你非要知道幹嘛啊。」

沈佳說：「既然無關緊要，說給我聽聽也無妨啊，該不是他的話與我有關吧？」

孫守義看瞞不過去，只好點點頭，說：「這傢伙說我是靠裙帶關係才爬上市委書記寶座的。他是嫉妒我這次成功的坐上市委書記的位子。」

沈佳追問道：「恐怕不止這些吧，應該還有污蔑我的話吧？」

孫守義只好老實招供說：「他還說我娶了個醜老婆。」

沈佳的臉色馬上沉了下來，雖然她知道自己相貌醜陋，並不介意，但是別人拿這個話來說孫守義就是另外一回事了。她不能容忍別人在這方面傷害丈夫，忍不住罵道：「這個混蛋，竟然敢這麼說。」

孫守義趕忙安撫沈佳說：「好了，別生氣了，于捷那傢伙本來就是個小人，他這麼說我倒不覺得什麼。可惡的是傅華，居然故意拿于捷來報復我。

我說傅華變了你還不相信，你看現在他成什麼樣子了?!」

沈佳嘆了口氣。就在這一刻，沈佳也對傅華產生了看法，徹底放棄了想要促使孫守義和傅華和好的念頭了。

海川大酒店，傅華的房間。

丁益將照片遞給傅華，說：「傅哥，這些照片只有照到孫守義或者劉麗華個人，沒有他們在一起的照片，這恐怕你拿去也沒什麼用吧？」

傅華接過照片看了看，然後笑了笑說：「這就要看怎麼用了，還要看給誰用，對一些有心人來說應該足夠了。行了丁益，你不要讓人繼續跟蹤孫守義了，停下來吧，估計繼續跟蹤下去也沒有收穫，照片你就交給我，這件事到此就算劃上句號了。」

傅華把照片給收好，這些照片將來說不定會發生很大的作用呢。

丁益說：「行，我聽你的。誒傅哥，現在孫守義成了海川市委書記，你是不是找個機會跟他修補一下關係啊？」

傅華看了丁益一眼，說：「怎麼修補啊？你要知道領導的脾性都是很怪的，他如果看你不順眼，你就是做再多的修補也是沒用的。怎麼，孫守義成為市委書記讓你害怕了？」

丁益說：「怕倒是不怕啦，天和房產也沒什麼地方跟孫守義衝突的，我想他不太可能無緣無故的找我們麻煩。」

傅華評論說：「我想接下來的一段時間，孫守義雖然不會故意為難你們，卻也不會給你們太多的機會的。」

傅華有些擔心會因為自己的事牽連到天和。孫守義只要不給天和房產機會，就能有效的制約天和的發展。

丁益老神在在地說：「這我倒不怕，我們手中還有舊城改造項目在進行，下一步天策的灌裝廠如果確定落戶海川，有你跟胡東強的關係，有些工作我們也可以接過來做，所以我倒不擔心沒飯吃。」

傅華聽了笑說：「那就不用怕他了。對了，還有一件事，那塊灘塗地塊現在發展的如何了？」

高芸讓傅華幫她留意灘塗地塊，和穹集團依然對這塊地很感興趣。

丁益說：「灘塗地塊基本上是停工的狀態，對外宣稱是因為中儲運東海分公司剛剛接手修山置業，業務還在全面整合，所以暫時停工。但這個理由很牽強，做地產的人都知道，早一天把項目建出來就能早一天得到收益，所以這麼停工是不合理的。據我觀察，中儲運東海分公司應該沒有能力繼續發展這個項目。」

傅華問：「那你知不知道他們有沒有將土地出讓金全額繳足呢？」

丁益回說：「沒有，好像孫守義也沒有催繳，他這段時間為了爭取市委書記，一切求穩，所以不敢去招惹中儲運這種中字頭的大公司。怎麼，傅哥也對這個地塊感興趣？」

傅華笑笑說：「不是我感興趣，而是北京的一個朋友感興趣。」

丁益笑說：「是和穹集團吧？當初他們可是想拿下這個項目的。」

傅華點點頭，也不隱瞞丁益，說：「是啊，我希望和穹集團能夠拿下這個項目，他們總要跟地方上合作的，到時候你們天和的機會就又來了。」

丁益也很高興地說：「那最好不過了。不過，看來市裏好像還沒有從修山置業手中將灘塗地塊收回來的打算啊。」

傅華說：「要想讓市政府收回來也很簡單，孫守義剛坐上市委書記的寶座，肯定要顧及社會輿論的。」

在傅華的想法，如果利用媒體炒作一下修山置業欠繳土地出讓金，孫守義和海川市政府又沒有任何的催繳行為，說不定會形成一股聲勢，逼迫孫守義催繳土地出讓金，繼而收回灘塗地塊。就算不能逼迫政府收回土地，至少也能逼迫修山置業和中儲運東海分公司出售這個灘塗地塊。只要用心去操縱，事情完全會按照預想的方向去發展的。

丁益聽了說：「這倒是，孫守義這人做事還算講章法，為了政府的聲譽，也許他會不惜開罪中儲運東海分公司的。」

傅華說：「這件事暫且不管它了，要想時機成熟不是一時半會兒的事，先放一放吧。」

丁益點了點頭，說：「好的，傅哥，你說這孫守義新接手市委書記，接下來會做些什麼呢？」

傅華笑說：「管他會做什麼呢，孫守義雖然成了市委書記，但是他對海川市的掌控，是遠遠不及金達當市委書記時的。現在于捷、曲志霞、何飛軍跟孫守義的關係都不睦，而孫守義沒有了金達的支持，基本上就是個孤家寡人，他想在海川興風作浪，短時間之內是無法做到的。所以暫時來看，我們還無需擔心什麼。」

北京，孫守義家中。

坐在餐桌旁吃早餐的孫守義接連打了好幾個哈欠。

沈佳看了他一眼，說：「你昨晚沒睡好啊？」

孫守義點點頭說：「小佳啊，我忽然想到我選在這個時機回北京似乎有點不恰當。」

沈佳說：「為什麼？」

孫守義說：「我想明白于捷為什麼敢這麼囂張的在公開場合侮辱我了，那是因為他感覺到我這個市委書記在海川政壇上並沒有佔據優勢的緣故。」

官場上說一千道一萬，歸根結底還是要靠實力來說話。于捷敢這麼做，就是因為他感覺有跟孫守義叫板的實力。缺少金達的支持，孫守義立即感覺到他在海川勢單力孤。

原本市委都是金達在掌控局面，金達中風導致市委出現權力空白，孫守義本來應該趁接任市委書記這個大好時機收編金達的人馬的，但是他沒有馬上做這項工作，導致金達原本掌控的人馬處於一個無主的狀態，這必然會讓海川政壇人心惶惶。

于捷選在這個時機公開侮辱他，就是一種強勢的宣示，宣示孫守義根本就撐不起海川市委這片天。

孫守義沒有在這個人心不穩的時候坐鎮海川，反而跑回來探親休假，這是他很大的失策。而傅華卻選擇這個時間點跑回海川去，他認為傅華去海川一定不是只有陪天策集團選址那麼簡單，一定是另有所圖。想到這裏，孫守義心裏更慌了。

沈佳也是很有政治智慧的人，聞言馬上就明白了孫守義所處環境的艱難，就問道：「守義啊，你想馬上趕回海川嗎？」

孫守義苦笑說：「我只有回海川，心裏才會踏實。不過我才剛回來，就要趕回去，這對你不太公平。」

沈佳心裏當然捨不得丈夫離開，但她也知道目前的境況絕非兒女情長的時候，便灑脫地說：「這有什麼公不公平的，我們也見到面了，難道我們這把年紀還會像年輕人一樣，要整天在一起黏糊才行嗎？你要回去就回去吧，我沒意見。」

孫守義感激地說：「小佳，謝謝你這麼理解我，回頭我就讓駐京辦幫我訂機票。」

沈佳說：「我們是一家人你還客氣什麼啊！守義啊，你想沒想過要如何破解目前這個局面呢？」

孫守義說：「想是想過，不過沒有好的想法。」

沈佳思索了一番後，說：「其實要化解現在的局面並不難，關鍵是看你放不放得下身段。」

「哦？」孫守義看著沈佳，問道：「放低身架我倒是可以的，你想到了什麼招數了嗎？」

沈佳面授機宜說：「你不一定非把每個人都當成敵人，你可以對他們甄別對待。于捷這種人，跟你本就有競爭關係，又一再跟你搗亂，所以你只能打擊他；但是曲志霞就大大不同了，你跟她並無直接的利益衝突，如果你能成功的將她拉過來，你在海川的局面馬上就會有所改觀的。」

孫守義沉吟了一下，確實是，他跟曲志霞的衝突起源於氮肥廠地塊，當時曲志霞為了省裏一家公司爭取這個項目，孫守義則是為了酬庸束濤，把這個項目給了城邑集團。

這是經濟利益上的衝突，可以用經濟利益來彌補。不像他跟于捷爭的完全是政治利益，有他無我，完全是一種不可調和的矛盾。

沈佳說到了重點，曲志霞又掌控著常務副市長這個關鍵的位置，拉攏她，對今後掌控海川有很大的好處。此外，曲志霞是個熱衷權力的人，孫守義可以給得起她想要的東西。

孫守義心中馬上開始掂量起要給曲志霞分潤什麼利益，好將她收買過來，很快他就有了一個大體上的概念，他笑著對沈佳說：「小佳，我知道怎麼去做了。」

傅華和胡東強完成了考察行程，從海川飛回北京。

一到北京，傅華趕緊先回家察看家中遭小偷的情形。保姆和傅瑾還住在鄭老家，家中的物品也依然保留著小偷翻過的樣貌。傅華發現正像保姆所說的那樣，並沒有丟任何東西。

傅華摸出手機，試著再次撥打喬玉甄的電話，她的手機還是關機狀態。想了想，最近一段時期，喬玉甄和湯言合作聯手操盤修山置業，湯言應該是近期跟喬玉甄接觸最多的人，傅華決定找湯言瞭解一下情況，便開車去了湯言的公司。

湯言正在辦公室看股市大盤，看到傅華說：「怎麼今天這麼稀罕，跑到我這裏來了？」

傅華笑說：「有點事想跟你瞭解一下，是關於喬玉甄的。你當初接受操盤修山置業，是受什麼人指示的嗎？」

湯言愣了一下，看了看傅華說：「你問這個幹什麼？」

傅華從湯言的眼神中看到了戒備的意味，意識到一個操盤手往往存在許多見不得人的手法，湯言自然不會願意暴露出來。

傅華忙解釋說：「湯少，是這樣，我聯繫不上喬玉甄了，所以想查一下喬玉甄的行蹤。」

湯言說：「你查這個幹什麼啊？你不是跟喬玉甄已經鬧翻了嗎？怎麼又會插手查這件事呢？」

傅華苦笑著說：「我也不想找這個麻煩，但是麻煩卻找上我，最近不斷有人暗地裏去辦公室和家裏翻查我的東西，我不知道他們究竟在找什麼，所以想查一下，不然我無法保證家人的安全。」

湯言聽了說：「原來是這樣啊。實話說我對喬玉甄的瞭解並不多，我們的往來僅限於修山置業這支股票，私下並無什麼交情。」

傅華看得出來湯言並沒有撒謊，可能湯言對喬玉甄的瞭解還不如他多呢。

傅華說：「那我們就聊一下修山置業好了，是什麼人讓你幫喬玉甄炒作修山置業的？」

湯言說：「這個你可能誤會了，並沒有什麼人指示我要幫喬玉甄炒作修山置業的股票，這對我來說就是一筆生意。至於喬玉甄，我是在一位股票大老安排的聚會上認識她的。當時她主動問我有關修山置業的情形，我知無不言，於是她就提出希望我幫她操盤，我覺得有利可圖，就答應了下來。」

如果照湯言的說法，並沒有任何線索能夠指向喬玉甄身後的那位強勢人物，湯言這邊根本就是一個死結。傅華十分的沮喪，他好不容易才想到可以從湯言身上打開缺口的，就這麼被湯言一句話給堵死了。

湯言接著說道：「不過有一件事你要知道，喬玉甄的背景肯定很厲害，據我所知，那位股市大老安排的聚會，出席的人物都來歷非凡。傅華，聽我一句勸吧，不要再查了，我敢說那個背後的人物是你惹不起的。」

傅華無奈地說：「這我也知道，但是現在不是我要追著他不放，而是他一再的糾纏我。」

湯言勸說：「我聽你講的情形，對方似乎沒有要傷害你的意思，不然也不會趁你和家人不在時才去偷東西了。而且你想過沒有，這個竊賊的技術極為高超，一定訓練有素，就衝這一點，你就該知道這個對手不簡單，所以你還是放手吧。傅華，我再強調一遍，世界上有的人真的是你惹不起的。」

湯言的話提醒了傅華，這個小偷確實身手很高，又不貪心，是真正的高手；能培訓出這樣高手的地方並不多，難道說這名小偷出身是……傅華不敢往下猜了。

從湯言那裏出來，傅華滿心的鬱悶，他知道這次算是踢到鐵板了，不論對手對喬玉甄做過什麼，他都無法繼續查下去；他面對的這個對手太過強大，弄死他就和輾死一隻螞蟻一樣輕鬆，再查下去，可能他就要面對像喬玉甄一樣的結局了。

傅華沒有勇氣去做寧死不屈的英雄，他只是一個小人物，想過得自在一點，真正要面對這種強大到不能對抗的敵人的時候，他的選擇只有一個，那就是退縮，何況他就是豁出去也於事無補，也就沒必要做這種無謂的犧牲了。

但是傅華把問題想得太簡單，能不能退出卻由不得他決定。正當他走向自己的車子想要開車門的時候，兩名身穿黑色西裝，體型彪悍的壯漢一左一右將他夾在當中，一人一隻胳膊架住了他。

其中一名壯漢說：「傅先生，我們領導想見你，跟我們走一趟吧。」

傅華愣了一下，心臟劇烈地跳動著，對方還是直接找上他了。傅華知道只要跟這兩名壯漢一走，肯定凶多吉少。

他不甘心就範，用力掙扎想要掙脫兩名壯漢的挾持，一邊叫道：「你們什麼人啊，你們這是綁架，知道嗎？」

兩名壯漢的胳膊像鐵鉗一樣緊緊地箍住了傅華的胳膊，他根本就掙脫不開。他加大嗓門叫道：「你們幹什麼，綁架啊，救命啊。」

傅華想藉喊叫吸引路人的注意，卻毫無作用，一名壯漢一手箍住他的胳膊，另一隻手一個手刀狠狠地砍在他的脖子上，他馬上眼前一黑，沒了知覺。

再睜開眼睛，傅華就看到眼前有炫目的強光照射著他的臉，強光刺得他的眼睛都睜不開，他瞇起眼睛努力去適應光線，想要看看他究竟身在何處。

他只看到他身在一個不大的房間裏，房間方正，前面擺著一張桌子，桌子上放了一盞燈，強光就是從燈那裏發射出來。燈後面是什麼情形他則是看不清了。

這屋子像極了一間審訊室，雖然他曾被紀委等相關部門詢問過，但是像這種陣仗還是第一次。對方若是想要處理掉他也不是不可能的，還不會被人察覺。

傅華心頭十分恐懼，然而這時候害怕解決不了什麼問題。對方沒有直截了當的將他處理掉，說明他可能還有用處，也許他還有一線生機。

他就閉上眼睛，做了個深呼吸，努力的壓住心頭的恐懼，讓自己平靜下來，想著要怎麼從這個地方脫身。

但是他的腦袋裏一團亂麻，根本就想不出什麼主意來，反而是一些亂七八糟的事從腦子裏不斷冒了出來。

他想到了趙婷，想到了傅昭，覺得自己很多地方對不住趙婷和傅昭。之後又想到了鄭莉，他們以前常常有說不完的話，但這種溫馨的感覺卻被忙碌的工作消磨掉了，越來越變質；最後他想到了馮葵，這個女人給了他許多美好愉悅的經驗，讓他抗拒不了。

一個個跟他的人生發生過交集的女人紛紛出現在傅華的腦海裏，這些女人或帶給他災難，或帶給他快樂，此刻回想起來，傅華心頭百感交集，心中充滿了對生命的留戀。

「在想什麼？」

一個男聲冷不丁從暗處傳了出來，嚇得傅華一個哆嗦，隨即他控制住自己的恐懼，儘量用平靜的語氣說道：「我在想我的人生還算豐富多彩，此刻讓我放棄，還真是有些不捨。」

傅華儘量平靜自己的情緒，不想讓這黑影中的人感受到他的恐懼，現在黑影中人是在跟他玩貓捉老鼠的遊戲，黑影中的人是強大的貓，而他則是被貓捉住卻不一下弄死的老鼠，這隻貓想看到他害怕的表情，他偏偏就不給他如願。

黑影中的人笑了一下，說：「傅華，你的人生確實是豐富多彩，北大的高材生，很受張帆教授賞識，在校期間跟同學郭靜有過一段美好的戀情，畢業時卻因為母親的病回到海川而跟郭靜分手。誒，你還是個孝子啊。」

傅華的心情逐漸平靜了下來，已經沒有那麼恐懼了。他說：「孝子不敢當，為人兒女本就有義務照顧好父母的。」

黑影中人繼續說道：「你回海川後做了海川市長曲煒的秘書，後來母親病故，就到北京做了海川市駐京辦主任；因為將融宏集團的陳徹拉到海川投資一戰成名，並藉此建立起現在的駐京辦……」

黑影中人語氣平緩的說著，傅華卻是越聽越心驚，因為黑影中人所說的事巨細靡遺，不但有他跟趙婷、鄭莉的事，就連他跟花魁吳雯、孫瑩已及劉康的往來都一一被點了出來。讓傅華感覺他像是被放在顯微鏡下，讓人作全面的解剖，心中無比的震駭。

黑影中人還在陳述著，甚至說到他跟睢才燾的那場賭局，傅華對此已經不能用震駭來形容了，他覺得這個人像鬼魂一樣可怕。

在會所的那些事應該只有會所內部的人才知道，這個傢伙居然連這個都能查到，實在太神通廣大了。

黑影中人評論道：「你這傢伙其他方面還算可以，但是在女人方面很吃得開啊，交往的都是些名媛貴婦，算是美女殺手了。」

傅華笑了一下，說：「想不到你對我這麼關注啊，居然連我的隱私都給挖了出來。你為了搞這個，動用了不少資源吧？」

黑影中人笑笑說：「別人搞這個可能會很困難，但在我來說，不過是舉手之勞罷了。」

傅華說：「我知道了，是你掌管的部門本來就有這方面的資源，你要調查我，只是說個名字罷了，你的手下自然會把事情給辦好的。你是從什麼時候開始關注我的，是不是從喬玉甄跟我結識的時候？」

說。

傅華已經猜到黑影中人可能就是喬玉甄身後的那位大人物，因此這麼

黑影中人稱讚說：「你挺聰明的。不錯，我就是從那個時候開始注意你的。」

傅華叫說：「看來你找我確實是因為喬玉甄了，你把喬玉甄給怎麼了？為什麼我都聯繫不上她了？」

黑影中人聽了說：「你還挺關心喬玉甄的啊，你們不是鬧翻了嗎？」

傅華激動地說：「鬧翻那是另外一回事，你究竟把喬玉甄給怎麼了？」

黑影中人冷笑一聲說：「你覺得我把喬玉甄怎麼了？」

傅華喊說：「你一定是殺了她。」

黑影中人冷酷地說：「我就是殺了她，你又能奈我何呢？」

第九章

辣手摧花

傳華說：「你本來可以讓喬玉甄一步的，
把攫取的利益分一部分給喬玉甄，你倒好，
不但沒有這麼做，反而辣手摧花殺了她，
搞得自己這麼狼狽，四處去找喬玉甄藏好的罪證。
你把矛頭對準我，只會把自己越搞越被動。」

「你！」

傅華站起來向黑影中人衝過去，反正今天是凶多吉少了，現在又聽說黑影中人說殺了喬玉甄，索性豁出去，想要跟黑影中人拼個你死我活。

哪知道他還沒衝到黑影中人面前，暗影中就有一個彪形大漢先衝到他的面前，一記上勾拳狠狠地搗在他的腹部。傅華只覺得腹部一陣劇烈的抽搐，身子不由自主的往後連退幾步，再次坐回到原來的椅子上。

這個男人傅華見過，就是綁架他到這裏來的那兩個彪形大漢中的一個。彪形大漢打完傅華之後，並沒有退回暗影中，而是站在傅華身邊，防止傅華再次對黑影中人不利。

原來黑影中不僅僅有那個說話的男人，還有他的手下。

黑影中人警告說：「你還是給我老實一點吧，你這種身嬌肉貴的傢伙哪裏是他們這種天天練搏擊的對手啊。」

傅華捧著疼痛的腹部，說：「你究竟想要幹什麼，如果想殺我的話，就給我個痛快吧。」

黑影中人笑了一下，說：「你倒是挺有膽色的，難道說你不怕死？」

傅華苦笑說：「誰不怕死啊，不過已經落在你手中，我想今天絕難倖免，所以怕與不怕也沒什麼區別了。」

黑影中人笑了起來，說：「你為什麼不求我呢？你求我，也許我會放你一馬的。」

傅華失笑說：「你當我是三歲的孩子啊？再說，我傅某人雖然不是什麼英雄，卻也是昂藏五尺的漢子，不會像某些人躲在黑影中連面都不敢照，更不會低三下四的去求人的。」

「你牙口還挺硬啊，死到臨頭了你還有心思來諷刺我，教訓他一下。」黑影中人命令道。

站在傅華旁邊的彪形大漢就過來又是一記勾拳擊在傅華的肚子上，傅華肚子一陣劇痛，身子蜷縮在一起，好半天都說不出話來。

黑影中人說：「我知道你骨頭夠硬，但是有句話叫好漢不吃眼前虧，所以奉勸你在我面前還是老實點好。現在我有幾個問題要問你，你給我想好了再回答，否則的話，別怪我不客氣，你聽明白了沒有？聽明白了說話。」

傅華本想不回答，但看到彪形大漢拳頭又握了起來，知道如果不回答黑影中人的話，他將再次吃到拳頭，他沒必要吃這個眼前虧，只好說道：「聽明白了。」

黑影中人笑笑說：「不錯，你學乖了一點。好了，我要問你的第一個問題，是喬玉甄有沒有讓你保存過什麼東西，比如筆記本、光碟之類的？我跟你說，這事關你的生死，你想好了再回答我。」

傅華說：「這個不用想，沒有，喬玉甄沒讓我保管過任何東西。」

黑影中人不相信地說：「真的嗎？」

傅華回說：「這個我不會弄錯的，沒有就是沒有。」

黑影中人又命令彪形大漢：「給他一下子。」

彪形大漢立即又衝著傅華過來，傅華急了，說：「我說的是真話，我不知道你為什麼會認為喬玉甄讓我保……」

傅華的話還沒說完，彪形大漢衝著傅華的肚子又是一記上勾拳，傅華疼得眼睛鼻子都湊到了一起。

黑影中人卻沒有因此心軟，依舊冷冷的問道：「是真的嗎？」

傅華痛苦地說：「當然是真的了，你為什麼非要認為是我幫喬玉甄保管了東西啊？」

黑影中人說：「那是因為你是我見過她最親近的人。」

傅華無奈地說：「你也說過我們已經翻臉了。」

黑影中人冷笑一聲，說：「那是演戲給我看的，好讓我相信她不會把東西交給你保管。哼！我才沒那麼傻瓜呢，你們的關係那麼親密，又怎麼會因為一點商業上的糾紛就翻臉呢？」

傅華辯解說：「你這根本就是先入為主。你不用問了，你要打死我就打吧，反正我是拿不出你想要的東西的。」說完，朝彪形大漢招了招手，說：「來吧，打我吧。」

黑影中人遲疑了一下，道：「難道喬玉甄真的沒讓你保管什麼東西？」

傅華肯定地說：「沒有，我從來沒見過你說的什麼筆記本或光碟之類的東西。」

「你那兒沒有，那會在誰那裏呢？」黑影中人疑惑的說道：「你是我知道的她最信賴的一個人，按說她應該把東西放你那裏才對。」

傅華反駁說：「你說的東西都那麼小，喬玉甄隨便就能放到任何地方去，為什麼非要放在我這裏啊？她又不是不知道你是做什麼的，肯定猜到你會讓人查我的底。所以除非她太傻，否則是不會把東西放在我這種被你一猜就著的地方的。」

黑影中人聽了，思索了一會兒說：「你說得倒也不無道理，唉，這個女人，還真是滑頭。」

傅華氣憤地說：「現在你後悔殺了她吧？其實你沒必要非鬧到這一步不可的。」

黑影中人愣了一下，說：「你這麼說是什麼意思？」

傅華說：「我的意思很簡單，雖然我不知道你和喬玉甄為什麼翻臉，但是總逃不過利益兩個字，你本來可以讓喬玉甄一步的，把你攫取的利益分一部分給喬玉甄，她跟了你這麼久，你也該分給人家一點的。你分給她一點，你們的利益就連接在一起，喬玉甄今後便只會維護你，而不會出賣你，因為出賣你她也會跟著倒楣的。你倒好，不但沒有這麼做，反而辣手摧花殺了她，搞得自己這麼狼狽，四處去找喬玉甄藏好的罪證。你現在把矛頭對準我，只會把自己越搞越被動的。」

黑影中人冷哼說：「她要的可不是一點點。」

傅華說：「多了又怎麼樣？你給不起嗎？憑你現在的影響力，再多也給得起吧？」

黑影中人笑笑說：「想不到你對我還這麼有信心啊？不錯，再多我也給得起，但這不是我給得起給不起的問題，而是她背叛我的問題，我絕對不允許對我的任何背叛。」

傅華冷笑一聲，說：「你這話我聽著怎麼這麼耳熟啊？誒，我想起來了，好像希特勒也是這麼說的，而且是在他即將滅亡的時候說的。」

「混蛋，」黑影中人一拍桌子，罵道：「你竟敢拿希特勒來咒我？」

傅華說：「你現在的模樣跟希特勒還有什麼差別，殺人、綁票無惡不作。而且這世界上，除了希特勒，誰還能狂妄的不允許別人對他的背叛啊？你也別這麼囂張，我會在地下看著你能夠囂張到何時的。」

黑影中人笑了起來，說：「你就這麼急著去死嗎？」

傅華說：「我已經知道你殺了喬玉甄，難道你還會放過我嗎？在我被你抓到的那一刻，我心裏就做了最壞的打算了。」

黑影中人反問說：「誰跟你說我殺了喬玉甄了？」

「難道你沒有嗎？」傅華驚訝的道。

「當然沒有了，」黑影中人說：「她畢竟是我的女人，就算她想跟我分道揚鑣，我也不會心狠手辣到非殺了她不可的地步。」

傅華沒想到喬玉甄居然沒死，他有些不相信的問道：「那為什麼我聯繫不上她呢？」

黑影中人說：「你聯繫不上她，是因為她在我的控制中。也不怕告訴你，我控制她，就是想逼她交出手中掌握到關於我的證據。」

傅華說：「那你逼出來了之後呢，是不是就要殺了她啊？」

黑影中人嗤聲說：「那些東西交出來後，她對我就沒有威脅了，我去殺她幹嘛啊?!不過喬玉甄的嘴巴很硬，始終堅不吐實，所以我才把主意打到你的身上。不過，你倒是給了我另一條思路了，也許我真的應該考慮放喬玉甄離開。誒，說到這裏，你跟喬玉甄究竟有沒有做過那件事啊？」

傅華搖搖頭說：「我們是清白的，沒你想得那麼……」

「好了，」黑影中人打斷了傅華的話，說：「我問這個並不是想要去責怪你，只是想搞清楚事實而已。好了，傅華，我可以放你回去，不過有一點你必須向我保證，那就是今天在這裏發生的任何事，你都要給我嚴格的保守秘密，不准對外洩露一絲半點。」

傅華鬆了口氣，說：「這個我答應你，反正我就是跟別人說，別人也不會相信的。」

黑影中人笑說：「這倒也是。好了，現在要麻煩你再受一次苦了。」

黑影中人雖然說要放他回去，卻沒說要將喬玉甄怎麼辦，傅華急忙問道：「誒，你先等等，喬玉甄怎麼辦？」

黑影中人說：「放心好了，我既然要放你們一條生路，就不會對喬玉甄怎麼樣的，你等著吧，很快喬玉甄就會重新出現的。」

傅華還想說些什麼，一旁的大漢這時過來在傅華的脖子上用力一劈，他頓時昏了過去。

再一次醒過來的時候，傅華發現他在自己的車內，車子還在湯言公司樓下的停車場裏，絲毫看不出他剛才被人綁架的樣子，只是他用手撫摸了一下肚子，感受到肚子還在隱隱作痛，這才確信他確實是被人綁架過，而不是一場恍惚的夢。

孫守義回到海川，直接就去市委書記辦公室。

他用的是金達原來的辦公室，並沒有做什麼新的裝修，只是把金達的東西清理了一下，換上他自己的私人物品。

坐下來後，孫守義便把原本跟金達一個陣營的常委們一一叫來談話。談話的內容基本上一致，都是詢問對現在市委的工作有什麼看法，哪些地方需要改進，希望他這個新科市委書記對他們各自的工作範疇做些什麼。

孫守義問這幾位常委，實際上是想瞭解這幾位常委想從他這裏得到什麼好處，他好根據他們的分量給與適當的滿足，這等於是一種近乎赤裸裸的收買，只是被罩上了談工作的外衣。

經過一番誠摯的交換意見，被孫守義找來的常委們都帶著滿意的笑容離開了孫守義的辦公室。

孫守義有些疲憊的把頭靠在椅背上，剛才進行的談話，雖然雙方都面帶笑容，但是臺面下，每個人心中都充滿了算計，孫守義需要讓他的大腦高度的運轉，才能計算清楚他要如何擺平這些人的需索，並恰到好處的控制彼此的權力界限。

孫守義感覺他現在像極了一名精算師，在精確的計算著他跟對方達成的某種默契而造成的政治利益的損益。

這種需要高度精確的計算，耗盡了孫守義的腦力，讓他疲憊不堪，有想要馬上找個地方大睡一場的衝動。

但是目前還不行，他還有一個最頭疼的人沒談過話，這個人就是常務副市長曲志霞。她是他迫切需要收買的一個人。

孫守義對曲志霞有些頭疼，這個女人很善於政治盤算，她看到她在海川形勢不好，就採用結盟的方式，不但把副書記于捷給結盟在一個陣營，還成功的拉攏了傅華。另外，這個女人在物質方面很貪心，他得在某些經濟利益上做出讓步才行。又要防止將來如果曲志霞出了什麼事會牽連到他。

曲志霞對他來說很關鍵，如果能夠拉攏曲志霞跟他同一陣營，他對海川市市委常委也就擁有了控制權，才能完全掌控海川市的局面。這份拉攏工作還得及早進行，必須趕在新的海川市市長產生之前進行。

據孫守義判斷，新的海川市市長由省裏下派的可能性極大。曲志霞、胡俊森有這個能力，不過他們資歷太淺，尚不足以上位。于捷的資歷夠，但是能力卻稍顯欠缺，省裏對他並不看好。再說孫守義也絕不願意讓于捷上位，那等於是扶持了一個對手出來跟自己作對。

現在海川市的市級班子中，沒有一個人適合成為這個市長。剩下來的可能性就是從外面調人來海川做這個市長。到時候，這個新任市長來了之後，首要任務肯定也是拉攏人心，建立自己的人脈，如果曲志霞被他拉攏去了，對孫守義來說就很不利了。

因此雖然孫守義心中很不情願，還是拿起了電話。

曲志霞看到電話顯示的是孫守義辦公室的電話，臉上笑了一下。

市委和市政府雖然不在同一棟大廈裏辦公，卻是聲氣相通，孫守義從北京回來就馬不停蹄的跟常委們談話的事，幾乎在第一時間就有人通報給曲志霞了。

曲志霞馬上就明白孫守義這是在穩固大本營，構築他這個市委書記今後統治海川市的基礎。一定是某些事讓孫守義感到了危機感，才會這麼做的。

沒接到孫守義的電話前，曲志霞是沒有把自己算進孫守義陣營的，她還有著對孫守義的反感，因此和于捷聯手，具備了挑戰孫守義權威的能力。她有信心讓今後孫守義在海川的統治並不順利。

但現在孫守義的電話打來，曲志霞明白孫守義打這個電話的用意，心中不禁盤算著她要不要接受孫守義的拉攏呢。

對此曲志霞有些猶豫，如果接受，就意味著她要跟孫守義揭過以往所有的恩怨，當初遭受孫守義和金達聯手壓制的那份羞辱，她還記憶猶新，要她就此放過，似乎有點咽不下這口氣去。不過繼續做反對派，跟孫守義繼續鬥下去似乎也不符合她的利益。

應該看孫守義會給她什麼樣的好處，然後再作決定。曲志霞就拿起話筒，說：「您好孫書記，找我有什麼指示啊？」

孫守義裝作很隨意地說：「也沒什麼指示，就是想跟你聊一聊，不知道你有沒有空啊？」

曲志霞笑了笑說：「您找我，我當然有時間了，我一會兒就過去您的辦公室。」

「那好，我等你。」孫守義說。

曲志霞放下電話，遲疑了一下，心想是不是要耽擱一會兒時間再去，想了想覺得沒必要，這種小伎倆並不能顯示她的重要性，反而會讓孫守義對她有所不滿。既然有了合作的餘地，還是不要搞這些小動作了。

曲志霞就去了孫守義的辦公室。孫守義看她並沒有故意耽擱時間，很是滿意，這說明曲志霞心中存有跟他合作的意向，這樣談起來就容易得多了。

曲志霞寒暄說：「孫書記，怎麼沒在家裏多待幾天啊，您這麼匆忙來去，您夫人對您肯定有意見了。」

孫守義笑笑說：「我是想多住幾天的，但是一想起海川這邊的工作千頭萬緒，心就安不下來，只好趕緊回來了。誒，曲副市長啊，組織把這麼重的擔子壓在我的肩膀上，我心裏有很大的壓力啊。」

曲志霞聽了打氣說：「放心，您有這個能力的，要不然組織也不會選您出任市委書記了。」

孫守義謙虛地笑：「我心裏可沒一點自信啊，我認真想了一下，覺得我要是想幹好這個工作，光靠我一個人是不行的，還是需要大家一起齊心合力才行啊。」

曲志霞心想：說得好聽，好處都被你拿走了，你還想讓大家幫你出力，哪有那麼容易的事?!嘴上卻說：「我們應該配合好您的工作的。」

孫守義知道想要曲志霞跟他合作，光說這些空話是不行的，就說：「曲副市長，說起來我們倆也算是合作過一段時間，坦白說，這期間有些不太愉快，其中的原因我想跟你解釋一下。」

曲志霞沒想到孫守義會主動提到氮肥廠地塊的事，不由得愣了一下，隨即說：「也不算什麼不愉快了，金書記和您也是為了工作，我能理解的。」

孫守義為自己辯解說：「金書記和我為了管理海川，必然要和海川市本地的商界搞好關係，氮肥廠這件事就是這個樣子，城邑集團要拿這個項目，我和金書記也是身不由己。不過我和金書記也有做得不好的地方，沒有好好跟你說明一下，方法上有點簡單粗暴了。對不起了，曲副市長。」

孫守義先說了對不起，讓曲志霞的心裏舒服很多，雖然孫守義這個對不起末必有多少誠意，但起碼有了一個態度。

曲志霞就笑笑說：「孫書記您這就有點言重了，您沒做錯什麼，說什麼對不起啊，趕緊把這話收回去。」

孫守義說：「曲副市長，我可是誠心誠意的。我今天跟你坦誠地講這些，是希望消除我們之間的芥蒂，今後好一起合作，搞好海川市的工作。」

曲志霞笑笑說：「您放心，我不會因為這件事而不配合您的工作的。」

孫守義說：「我不是這個意思，我說的是一起合作，而不僅僅是配合。一個市裏面的工作這麼多，光憑一個市委書記是無法做好的，需要大家群策群力才行，尤其是現在我的工作重心已經轉移到市委，市政府這邊就更需要你多承擔一些了。」

曲志霞說：「市政府還有其他的副市長，不一定非要我來承擔啊。」

孫守義搖搖頭說：「這些人當中，也就胡俊森還有點能力，不過胡副市長這個人做事太直接，一味的只知猛打猛衝，絲毫不懂得融通；他這個精神是好的，卻因此製造出不該有的一些麻煩，所以無法擔負起重任。」

曲志霞聽了說：「不是還有何飛軍何副市長嗎？」

曲志霞提及何飛軍，是因為曲志霞現在對孫守義和何飛軍的關係有些看不透。按說何飛軍是得到孫守義的賞識，才能夠分管海川市的工業事務的，兩人關係應該十分親密才對，但是最近鬧出的事，讓兩人間的關係變得撲朔迷離起來。

孫守義嘆說：「老何這個人啊，我真不知道該說他什麼。原本我覺得他還算忠厚老實，誰知道他居然鬧出一個離婚另娶的鬧劇來，真是讓我跌破了眼鏡，這樣一個傢伙我哪還敢讓他擔什麼重任啊。」

聽孫守義語氣中對何飛軍怨恨極深，曲志霞由此明白孫守義對何飛軍有了很重的戒心，雖然表面上跟何飛軍還沒翻臉，但他們的關係可能已經相當於陌路了。

曲志霞便說：「是啊，老何與顧明麗這段鬧劇是有點過火了。」

孫守義心煩地說：「不去說這倆傢伙了。誒，曲副市長，就你看，我們目前的市政工作需要做什麼改進啊？」

曲志霞客套地說：「市政府在您的領導下什麼都很好，沒什麼需要改進的了。」

孫守義笑說：「你這話就不實在了，就我本身而言，就已經感覺到很多方面的工作存在著瑕疵……」

孫守義就侃侃而談他對海川市政府工作的一些看法，也說了改進的想法。曲志霞聽他講的內容都是對常務副市長工作的強化，便明白孫守義這是在開出收買她的價碼呢。

曲志霞微笑不語，孫守義講的這些雖然對她有利，但尚不足以打動她，想來孫守義的價碼還沒全部開出來，她在等著孫守義加大談判的砝碼。

孫守義看曲志霞一副不為所動的樣子，心中就氣不打一處來，這女人有夠貪心的，這樣還不滿足，便又說：「還有一點，關於市裏重點項目的問題，我覺得常務副市長應該承擔更多的責任才對，很多具體的事物也該由常務副市長負責，你說是吧，曲副市長？」

曲志霞笑了，孫守義這是暗示要讓常務副市長今後在市裏的重大項目上發揮更大的作用，這可是意味著豐厚的利益，她如果在這上面發揮重大作用，即使不是決定性的，起碼也有參與分潤利益的機會了。

曲志霞立即回說：「您果然英明，一下就看到了問題所在。現在重大項目的負責制度存在著許多瑕疵。市長和市委書記事務繁重，哪有精力放在上面啊，確實是應該讓常務副市長擔負更多責任的。」

孫守義心說這個女人果然很貪心，一聽在利益上能夠得到好處，馬上就被打動了。他笑笑說：「看來英雄所見略同啊。今後你可要勇挑重擔了。」

曲志霞笑笑說：「組織如果信任我，再重的擔子我也要扛起來啊。」

孫守義對這個結果很滿意，笑笑說：「組織當然會信任那些有能力勇挑重擔的同志了。」

兩人同時呵呵的笑了起來，這時候，孫守義相信曲志霞算是跟他達成默契了，當然前提是要在市裏的重大項目上更多的放權給曲志霞。

孫守義接著問曲志霞：「曲副市長，我不在海川的這幾天，傅華帶北京考察團在海川考察的情況如何？」

雖然孫守義問的口氣很平淡，似乎只是閒聊，但是曲志霞卻敏銳的感覺到孫守義問這個另有意圖。孫守義是贊成免去傅華職務的，而且在傅華復職這件事情上很不積極，他這是儼然把傅華作為對立面來看待，現在孫守義問起這件事，是不是想要她跟他保持一致，跟傅華疏遠啊？

曲志霞心中快速的思考著要如何應對，她不想因為跟孫守義結盟就去跟傅華劃清界限，傅華是她好不容易才拉攏過來的，她才不會被孫守義幾句話就放棄傅華。

曲志霞回說：「挺好的，應該說傅華同志做這些招商引資的工作十分在行。在他的帶領下，天策集團初步選定了兩個地方作為灌裝廠的廠址，具體會選擇哪一塊，會由天策集團的董事會決定。孫書記，我有個建議，回頭天策集團如果決定把灌裝廠落戶海川，市裏面是不是應該表彰一下傅華同志啊？」

孫守義的臉色變了一下，他沒想到曲志霞會提出這樣的建議來，這個女人不會是故意的吧？孫守義便裝糊塗說：「為什麼要表彰傅華啊，有什麼理由嗎？」

曲志霞大力稱讚說：「我覺得傅華同志這種為工作負責的精神十分難能可貴。他剛剛才被市裏免過職，受過委屈，但他並沒跟組織計較，反倒一復職馬上就積極開展招商引資工作。這樣的同志不該給予表彰嗎？這樣的同志如果不表彰，會挫傷在一線工作的同志的積極性的。」

孫守義心說這傢伙才沒有不跟組織計較呢，他把心中的怨氣都算在了金達和我的頭上，現在還不知道心中憋著什麼鬼主意想要來對付我呢。你讓我表彰他，這不是等於在打我和金達的臉嗎？

不過轉念一想，也許他倒是可以借這件事來緩和一下跟傅華之間的矛盾，便說：「你說的很有道理，傅華這種精神確實是很值得表彰。這樣吧，你記住這件事，要是天策集團確定把灌裝廠放在海川了，你在常委會上把這件事情提出來，我會附議的。」

孫守義不但贊成曲志霞的建議，還讓曲志霞做發起人，沒有跟曲志霞爭這個功勞，這把面子給曲志霞做足了。

曲志霞心喜地答應說：「行，那我就按照孫書記的指示辦。」

兩人又聊了一會市裏面最近的工作，曲志霞這才高興地離開了。

孫守義看基本上已經達到他的目的，心情也鬆懈了下來，靠在椅子上閉目養神，海川的局面總算是穩定下來了。

這時，桌上的電話響了起來，一看是胡俊森打來的，孫守義眉頭皺了一下，心說這傢伙不知道又要搞什麼花樣了。

孫守義抓起電話，說：「胡副市長，什麼事啊？」

胡俊森說：「孫書記，關於海川新區，我有些事情要跟您彙報，您有時間嗎？」

孫守義心說果然是關於新區的事，便說：「我有時間，你過來吧。」

幾分鐘後，胡俊森來到孫守義的辦公室，孫守義說：「坐吧，胡副市長，你要跟我彙報新區什麼事啊？」

胡俊森訴苦說：「我是來尋求您的支持的。新區現在要政策沒政策，要資金沒資金……」

「打住，打住，」孫守義伸出一隻手衝著胡俊森擺了擺，面有難色地說：「胡副市長，你別在我面前叫苦，市裏面能給新區的資源都已經給了，你再來要求更多，我是沒辦法答覆你的。如果你今天找我，是要跟市裏要政策要資金的，就免談了吧。」

胡俊森說：「我就知道您會這麼說，我今天找您要的不是政策和資金，而是要人。我希望能把這些人安排到新區去工作，您看看能不能支持一下？」

胡俊森將一份名單遞給孫守義，孫守義接過去看了看，不由得有些錯愕，名單上沒有一個眼下在海川政壇上當紅的人物，有些還都是一些在單位上不受重視的人物，更有的孫守義連名字都是第一次聽說過，就更不知道是何方神聖了。

孫守義心中有些納悶，他在海川待的時間可比胡俊森長得多，連他都不知道是何方神聖的傢伙，胡俊森是從哪個犄角旮旯挖出來的？他又是怎麼知道這些人的呢？

孫守義用疑惑的眼神看了看胡俊森，說：「胡副市長，這些人你是從什麼地方找出來的啊？」

胡俊森解釋說：「這些都是在單位上不受待見的人，您也知道我們新區目前的形勢，那些政壇上的紅人自然不會拿正眼看我們，但是新區工作又不能就那麼停頓在那裏，所以我只好用這些人了。」

孫守義眼中的困惑並沒有消除，他倒不是還在困惑這些人的問題，而是困惑胡俊森怎麼會有這樣的主意。這個主意不能不說很巧妙，名單上的這些人在單位都不受領導歡迎，前途堪憂，肯定巴不得換個跑道。胡俊森給了這些人機會，這些人自然求之不得，也必然會感激胡俊森。

另一方面，這些人並不是沒有能力，他們只是跟領導意見不同，受到打壓的一群人，正憋著一股勁呢，自然渴望通過新區來證明自己，好揚眉吐氣。如果真在新區做出了名堂，那胡俊森就是他們的伯樂了，這些人將會成為胡俊森未來在海川政壇的班底，這將是一股不可忽視的力量啊。

孫守義在猶豫著同不同意這份名單時，高度懷疑這個主意是傅華替胡俊森出的，在海川政壇上有這種戰略眼光的人不多，傅華正是這不多的人當中的一個。巧的是傅華沒回海川之前，胡俊森還像隻沒頭蒼蠅四處亂碰，怎麼傅華一回來，他就找到方向了呢？

孫守義心中一凜，不由得警惕起來，看來不僅僅是他在拉攏人，為今後治理海川市布局，傅華也沒閒著，他也在海川市布下暗樁。如果真是那樣的話，他同意這份名單就是在為自己製造對手了。

孫守義不禁看著胡俊森說：「胡副市長，這真是你想出來的？」

胡俊森不是個笨人，孫守義這麼問，他就猜到孫守義在懷疑什麼了，便笑了笑說：「孫書記，不是我想出來的，難道還有什麼人幫我想的不成啊？您不知道我們新區現在有多麼不受待見啊。這次駐京辦主任傅華帶著天策集團回海川考察，我這個副市長親自登門去拜訪他，想讓他帶著天策集團去新區看看。您知道這傢伙是怎麼對待我的嗎？他連開口的機會都沒給我，就直接跟我說他不會讓天策集團去新區投資的。你說氣人不氣人?!我可是個副市長誒，他居然連這點面子都不肯給我。」

胡俊森這麼說，孫守義心中才消除了懷疑。如果真是如胡俊森說的這樣，胡俊森跟傅華沒有什麼關聯，這份名單就應該不是傅華的主意了。

胡俊森接著說道：「傅主任的拒絕也讓我意識到新區並不是一個香餑餑，我不得不退而求其次，所以才會搞了這麼份名單出來。我想現在也就這些人還肯去新區了，別的人誰會願意去跳這個火坑啊？」

胡俊森的解釋合情合理，孫守義心中的疑團盡消，便說：「原來你是這麼想的啊，行，我支持你。這份名單你就放在我這裏吧，回頭我會跟相關部門說一下的，讓他們根據實際情況作出安排。」

胡俊森說：「那行，孫書記我就先回去了，名單上的這些人您可得儘快幫我安排啊。」

孫守義答應說：「你真是急性子，行，我一定會儘快的。」

胡俊森就離開了孫守義的辦公室。

孫守義再次拿起了桌上的名單看了看，決定支持胡俊森這份名單，儘快的安排這些人去新區工作。不管怎麼樣，先把新區的工作全面啟動起來。

第十章

你是勝利者

「你、是、勝、利、者。」金達吃力地說。
傅華說：「金書記，你怎麼就不明白呢，
在官場上，無論勝利者還是失敗者，
其實都不過是過客而已，沒有人能夠永遠把著舞臺不放的。
好了，我不在這兒惹您生氣，我先走了。」

曲志霞從孫守義辦公室回去，馬上就撥電話給傅華，想把今天跟孫守義交談的情形跟傅華說一下，以免傅華對她產生一些不必要的誤會。

傅華過了好半天才接了電話，這時候他才剛清醒過來不久，頭腦還有些不太清楚，正有些茫然的看著車內的環境。

聽到手機響，他的反應有點遲鈍，好一會兒才把手機接通。說：「曲副市長，您找我有事啊？」

曲志霞覺得傅華的聲音有點含混，奇怪地問：「傅主任你怎麼了，我怎麼聽你的聲音有點不太對勁啊，是不是病了？」

傅華自然無法跟曲志霞講他剛被人綁過票，便含糊地說：「沒事，我剛才在睡覺，所以頭腦還有點不太清醒。您有什麼事啊？」

曲志霞說：「哦，原來你剛睡醒啊。是這樣的，剛才孫書記找我去談話，問我這次天策集團來海川考察的情形，我在他面前表揚了你，並建議他如果天策集團落戶海川的話，要市委市政府對你進行表揚。他同意了，所以，傅華你努力爭取把天策集團拉過來吧，市裏不會虧待你的。」

傅華的大腦還在一個迷糊的狀態，沒有多想曲志霞打這個電話究竟是想要表達什麼，只是直覺曲志霞這是向他表功來了，就說：「謝謝曲副市長，您放心，我一定盡力爭取讓天策集團把灌裝廠落戶海川，不會讓您失望的。」

曲志霞覺得她已經盡了告知義務了，就笑笑說：「那我就等你的好消息了，好了，你繼續睡吧，我掛了。」

曲志霞掛了電話，傅華趁腦袋清醒了些，這才發動車子回家。

車開出一段距離，傅華才有點回過味來，曲志霞打這個電話給他，含義很豐富，不僅是要向他表功，似乎還暗示他，她已經跟孫守義達成了某種默契。因為如果不是兩人達成某種默契的話，孫守義又怎麼會同意表彰他呢？

傅華大致明白曲志霞這是在告訴他，一是她跟孫守義已經是某種意義上的聯盟；二是雖然她跟孫守義結盟，但並不代表她會放棄他，她還會繼續為他爭取利益的。

傅華心說這個曲志霞還真是政治動物啊，這麼善於利用情勢，能夠做到在他和孫守義之間左右逢源。

傅華對此倒是無可無不可，他跟孫守義還沒有什麼勢不兩立的矛盾，也沒有非要跟孫守義鬥個你死我活。在這種情勢下，曲志霞基於自身利益選擇跟孫守義結盟，他不覺得對他會有什麼傷害，反正他對曲志霞本來就沒有什麼太高的期望。

回到家，傅華簡單的弄了點東西吃，就想去休息一會兒。剛才他精神高度緊張，現在平安無事，身體就十分疲憊，有點撐不住了。

剛躺到床上，他的手機響了起來，是馮葵。

馮葵緊張的問：「誒，老公，你沒出什麼事吧？」

傅華擔心牽連上馮葵，會讓那傢伙對馮家不利，就刻意平淡地說：「沒事啊，怎麼了？」

「你沒事怎麼電話打不通啊？」馮葵扯著嗓門叫了起來：「你要急死我啊？我還以為你被綁票了呢！」

傅華陪笑說：「我是手機忘了充電，手機沒電你自然就打不通啦。」

馮葵說：「那你現在在哪裏啊？」

傅華說：「在家呢，怎麼了？」

馮葵撒嬌說：「我想見你，你來我這裏吧。」

傅華遲疑了一下，說：「小葵，我有點累了，明天吧，行嗎？」

「不行，我今晚必須要見你，」馮葵蠻橫的說：「你如果不來我這裏，我就去你家找你，反正老大現在在米蘭，我就是留宿在你家她也不會知道的。」

雖然鄭莉不在家，但是被鄰居看到馮葵找上門來總不是件好事，傅華無奈道：「好了，我過去你那兒好了。」

傅華打起精神出了門，也不敢開車，怕疲勞駕駛出車禍，就招手搭了輛計程車去了馮葵那裏。

馮葵一見到他就撲進他的懷裏，緊緊地抱住了他。正好撞到傅華肚子上，觸動了被那個彪形大漢打傷的部位，疼得傅華忍不住倒抽一口涼氣，強忍著沒叫出聲來。

傅華拍了拍馮葵，說：「你這是怎麼了？」

馮葵帶著哭腔說：「都是你啦，打不通你的電話時，我真是好擔心，以為再也見不到你了，差點都要報警找你了。」

傅華笑說：「傻瓜，我這不是好好的嗎？別這樣，你這樣被東強琛哥他們看到，一定會覺得你這個老大太沒勁了，居然這麼愛哭。」

馮葵笑罵說：「去你的吧，我根本也沒想做他們的老大，我現在只想做你的小女人。」

傅華心中很感動，立即抱緊了馮葵，說：「我也希望你一輩子都做我的小女人。」

馮葵不禁有些情動，親吻著傅華的脖子，又撕扯著傅華身上的衣物。想要跟傅華有更深一步的融合。

但此刻，傅華無論是精力還是身體狀況都不適合，他抓住馮葵的胳膊，不讓她有進一步的舉動，說：「小葵啊，我現在很累。」

馮葵怔了一下，這才注意到傅華的臉色很難看，就順從地說：「那行，我們就去床上躺著，你抱著我，什麼都不做總可以了吧？」

兩人就去床上，傅華抱著馮葵，兩人安靜的躺在一起，好半天都沒說話，就這麼相擁著睡著了。

醒過來已經是第二天早上了，馮葵看他睜開眼睛，不禁說道：「你總算是醒了。奇怪，你昨天究竟做什麼會那麼累啊？」

傅華掩飾的說：「最近的事情太多了，讓我身體有些透支，不過在你這兒休息了一夜，我什麼都恢復了過來。」

馮葵曖昧地笑了起來，說：「你恢復過來最好了。」說著就靠過來，開始去脫傅華身上的衣衫。

傅華經過一夜的休息後精力飽滿，自然也蠢蠢欲動，也就任憑馮葵脫他的衣服。

沒想到馮葵剛剛解開他的衣服，就驚叫道：「你肚子這是怎麼了？」

傅華低下頭一看，只見肚子上青一塊紫一塊的，原來被打的部位泛著一大片瘀青。傅華趕忙用衣服蓋住肚子，說：「沒事，被人打了幾拳而已。」

馮葵冰雪聰明，馬上就想到是怎麼一回事了，說：「不對，是那幫人找上了你吧？這是他們打的？」

傅華知道瞞不過去，只好點點頭說：「是啊，就是他們。不過沒事了，小葵，這件事情我已經解決了。」

馮葵不太相信地說：「你解決了，怎麼解決的？我要你把事情詳盡的告訴我，告訴我他們都是些什麼人，我倒要看看是誰膽子這麼大，竟敢動我馮葵的老公。」

傅華笑了，馮葵又拿出了做老大的威風，這也算是馮葵的本色，但是傅華知道他面對的對手可不是像徐琛、胡東強一樣的闊少，而是那種隨時隨地都有剝奪人性命可能的狠辣角色，而且還位高權重。

對上這樣的人物，即使是馮家這麼強大的背景也不一定能護得住馮葵，因此傅華覺得還是儘量不要把馮葵拉進這個漩渦比較好，他可不想讓馮葵跟著他受到什麼傷害。

因此傅華搖搖頭說：「小葵，你就別問這麼多了，反正事情已經解決了；這次你就聽我的，不要再過問這件事了，好嗎？」

馮葵看了看傅華，說：「是什麼人這麼可怕，居然讓你覺得連我也對付不了？你放心，我對付不了，我身後還有馮家呢。」

馮葵話說得豪氣干雲，似乎馮家什麼都不怕，不過馮家老爺子仙去多年，馮家在政界的影響力雖然還有，卻已經沒有足夠傲視群雄的本錢了，所以馮葵這話嚇嚇一般人還可以，卻不足以對付現在這個對手。

傅華委婉的說：「小葵，有些人不是說你惹不起，而是你惹了他們的話，會很麻煩，所以還是儘量避免招惹的比較好。」

「難道是官方的部門？」馮葵驚訝地說，氣勢明顯弱了很多。

傅華點點頭說：「雖然我沒見到那個人的真面目，也無從確切知道他是什麼部門的人，但我猜那傢伙絕對是來自一個誰都惹不起的部門。也就是因為這個，我那位女性朋友才能得以在北京的政商兩界叱吒風雲，呼風喚雨。所以小葵，你就不要插手了。」

馮葵不禁看了看傅華，說：「你這傢伙還真是能攬事，居然惹到這樣的厲害角色。我真是好奇，你那位女性朋友究竟是個什麼樣的人物？」

傅華回避說：「也沒什麼特別的，就是一個長得很漂亮的女人罷了。」

馮葵笑說：「我就知道你這麼熱心的管這件事，這個女人一定很漂亮。誒，你說事情解決了，那麼她的事也解決了？」

傅華說：「應該是吧，那個人說我那位朋友這段時間之所以沒露面，是被他禁錮的緣故，並沒有真的出什麼事，很快她就會重新在北京出現了。」

馮葵聽了說：「那到時候你可要介紹我認識一下，我要看看究竟是什麼樣的女人。」

傅華說：「看機會吧。對了，小葵，你會所的事處理好了嗎？」

馮葵愣了一下，眼神中閃過一道厲色，說：「處理好了，你突然這麼問我，難道是那個傢伙已經盯上會所了？」

傅華點了點頭，說：「是啊，他們不止盯上你的會所，甚至睢才燾跟我玩的那一局他們也知道。」

馮葵火大了，罵道：「他好大的狗膽，居然敢打我的主意。」

傅華十分歉疚地說：「你是受到我的牽連，那傢伙想調查我，結果也查到你的身上了，所以我希望你把會所的事處理得乾淨一點，別給他找馮家麻煩的機會。」

馮葵點點頭說：「行，我心中有數了。既然這樣，就要跟我姑姑說一聲了，既然他盯上了馮家，我要讓我姑姑有所準備，免得讓馮家真的吃了虧。」

傅華心說：大戶人家培養出來的子女就是不一樣，遇到這種事仍然能夠不慌不亂，應對有序。

馮葵接著說道：「會所的事我會處理好的，倒是你的身體不用去檢查一下嗎？被打成這樣，可不要留下什麼內傷。」

傅華說：「我的身體我自己有數，沒事的。」

由於多了這麼一段插曲，兩人的心情都變糟了，也就沒什麼心思再去溫存了。傅華看看時間，說：「我要走了，差不多該上班了。」

馮葵也沒留傅華，說：「行，要注意安全！實在不行的話，就請兩個保鏢先跟著你吧。」

傅華笑說：「沒必要，我一個駐京辦主任身後跟著倆保鏢也不成個樣子。再說，對付那些人，保鏢也沒什麼用的。」

確實也是，之前傅華拜託劉康派人在家附近暗中保護他的家人，但是他們卻沒察覺到有人進了傅華的家門，根本就沒起到作用。

想到這裏，傅華覺得應該讓劉康把人撤走，別再把劉康給牽累進來就不好了。於是從馮葵家出來後，傅華就打電話給劉康，告訴他事情大致解決了，讓劉康把人撤走。

劉康困惑地說：「解決了？你怎麼解決的啊？」

傅華無法跟劉康說明事情的來龍去脈，只說：「本來就沒什麼事，再把那幫人留在那裏也沒有用。」

劉康便沒再糾纏多問，說了聲：「好吧，我讓他們撤走就是了。」

傅華去了駐京辦，在辦公室，他又試著撥喬玉甄的電話。但是喬玉甄依舊是關機狀態，傅華不覺黯然，希望那個傢伙說話算話，能夠真的將喬玉甄給放出來。

臨近中午的時候，馮葵打電話來，說馮玉清想要見他，讓他過去一趟。傅華就又返回馮葵家，馮玉清已經等在那裏了。

馮玉清的臉色十分嚴肅，傅華明白馮玉清一定是覺得他這次惹上的人物太棘手，所以如此鄭重其事的對待。

他苦笑了一下，說：「不好意思，是我讓小葵受牽連了。」

馮玉清卻搖搖頭，說：「傅華，你想反了，不是你牽連小葵。」

傅華愣了一下，說：「我不太明白您的意思。」

馮玉清解釋說：「我這麼說吧，因為出身的關係，像我們這樣家族出來的子弟一向是備受關注，影響的範圍也很大，相關部門對我們自然很注意；所以有沒有你，小葵的一舉一動都會在人家的注視下的。不過雙方彼此間有一個默契，那就是只要我們不要太超過，就沒有人敢對我們怎麼樣。」

傅華聽馮玉清這麼說，心中鬆了口氣，起碼不是他害到馮葵的，便說：「既然他們不敢對馮家怎麼樣，那我就放心了。」

馮玉清正色說：「事情不是像你想的那麼簡單，這次對方做的太過頭了，按說他們知道牽涉到馮家，就應該收手的，但是他們不但沒有收手，反而把你給擄走，這根本沒把我們馮家放在眼中。馮家雖然老爺子不在了，但是瘦死的駱駝比馬大，也不能就這麼放任別人欺上頭來。」

聽馮玉清的意思是對這件事不想罷手的意思，傅華趕忙勸說：「叫我說還是算了吧，反正我的事情已經解決了。」

馮玉清厲色說：「現在這已經不是你的事了，而是我們馮家的尊嚴不能被人隨便的侵犯，如果馮家隨隨便便就能被人家欺負，那老爺子在地下也是閉不上眼的。傅華，你不要怕，我叫你來不是讓你衝鋒陷陣，我只是想瞭解一下當時的情形，還有，我想知道這個人究竟是誰，馮家也好知道是誰不把我們放在眼中。」

傅華面有難色地說：「我對這個人的瞭解也不多，我只知道他最近幫我朋友出售修山置業給中儲運東海省公司，其他的事我就不太清楚了。」

馮玉清聽了說：「這倒是一條線索，可以著手查一下。」

傅華忍不住提醒她說：「您要查的話，可要小心，這個人很危險的。」

馮玉清笑說：「要查的話，當然不會是我親自出面了，馮家在相關部門當中也是有我們自己的人的。好啦，這件事我會處理的，不說這個了。傅華，我的省委書記任命馬上就要公佈了，你這個東海省人有什麼可以指教我的嗎？」

傅華笑說：「我哪敢指教您啊，恐怕您早就胸有成竹了吧？」

馮玉清卻搖頭說：「我沒有這個信心，雖然我跟你的老上司曲煒達成了某種默契，但是你的老上司跟呂紀這幫人在東海省本來就不占絕對優勢，我就算完全攏住了他們，也不代表我就能掌握住東海省的局面。」

馮玉清這個認識是正確的，現在海川的局勢發生了很大的變化，呂紀即

將調離，孟副省長病休，東海省政壇上很多人都面臨著重新選邊站的窘境；而鄧子峰吸收了孟副省長一系的人馬，即將成為東海省最強大的一股力量，如果用這股力量跟馮玉清抗衡，還真是夠馮玉清受的，也難怪馮玉清會感到沒有自信。

不過傅華並不覺得馮玉清會被這個局面難住，如果這麼簡單就被難住，那馮玉清也就太沒用了。他笑了一下，說：「我想這難不倒您吧？蘇秦合縱，張儀連橫，您總會有辦法解決這個問題的。」

馮玉清想了想說：「鄧子峰吸收了東海省的本土勢力，算是合縱；可是我要怎麼去連橫瓦解他的聯盟呢？我現在跟誰結盟比較好？我看不出來東海政壇上有這樣的一個角色。」

傅華暗示說：「馮家老爺子當年退休後，沒有任何職務，但他還不是在政壇上影響巨大嗎？」

馮玉清眼睛亮了一下，她想到傅華說的是誰了，頓時有豁然開朗的感覺，笑笑說：「你指的是病休的那位？」

傅華點點頭說：「那位在東海省苦心經營了幾十年，門生故舊遍及東海省，這次只是迫於形勢才退下來的，我想他的雄心肯定還在，您可以利用這一點，即使不能達到對抗合縱的目的，起碼可以起到一點疑兵的作用。」

傅華出的這個主意很簡單，就是讓馮玉清想辦法扶持原本東海省三巨頭中現在最為弱小的孟副省長，讓東海省重歸三足鼎立的局面。這樣也就避免了讓鄧子峰一家獨大的局面，也為馮玉清爭取到一些寶貴的時間。

馮玉清需要的就是時間，她在東海省人生地不熟，突然空降過去，肯定需要一個熟悉融合的過程。如果馮玉清真的有兩把刷子，這段時間就可以讓她紮下根基。

此外，馮玉清扶持孟副省長，必然會讓原本孟副省長的勢力重新躁動起來，這幫人當中，肯定有人不那麼願意跟從鄧子峰的，就會轉而投靠馮玉清。這是一個瓦解鄧子峰實力的招數，因此傅華說出這個主意時，心中都覺得有點對不起鄧子峰了。

馮玉清聽了，忍不住轉頭對馮葵說：「小葵啊，你要小心這個傢伙，他實在太陰謀了。」

馮葵打趣說：「姑姑，您就別得了便宜還賣乖了，傅華這個主意雖然不一定會幫你扭轉乾坤，但是暫時幫你穩定住東海省的局面絕對是沒問題的。」

中午，傅華在馮葵那兒跟馮玉清一起吃了午飯，吃完飯，他沒有直接回駐京辦，而是去醫院看金達。

傅華這次被綁票，算是在鬼門關上走過一回，對金達也有了新的想法。他覺得不管金達曾經怎麼對他，現在重病成這個樣子，他們之間的恩怨也該過去了。

萬菊正在病房裏陪著金達，看到傅華來了，強自打起精神說：「傅主任來了。」

傅華看得出來萬菊的心酸，曾經是風光的市委書記夫人，現在看到誰都要陪笑臉，即使心中充滿了苦澀，這種反差真是很令人難受。

傅華說：「我來看看金書記，怎麼樣，您對醫院的治療還滿意吧？」

萬菊感激地說：「滿意，這要多謝傅主任了，謝謝你幫我們家老金安排了這麼好的治療條件。」

「不，要，謝，他！」這時，金達在旁邊一字一句很困難的說道。

傅華看了看金達，金達經過這幾天的治療，神色比剛來時好了很多，看來醫院對金達的治療很有效果。不過，金達仍然對他耿耿於懷，讓傅華心中也有些生氣，心說：金達，你都到這個地步了還無法放下，你這個人真是無可救藥了。

傅華不敢說不好聽的話去激怒金達，也只能壓下心中的不滿，笑說：「金書記，您現在需要保持好心情，早點把病治好，所以我希望您不要再去想過往的那些恩恩怨怨了，您不覺得現在對您來說，這些都是毫無意義的嗎？」

「你、是、勝、利、者。」金達再次吃力地說。

傅華苦笑著說：「金書記，你怎麼就不明白呢，在官場上，無論勝利者還是失敗者，其實都不過是過客而已，沒有人能夠永遠把著舞臺不放的。好了，我不在這兒惹您生氣，我先走了。」

傅華有點後悔不該來探病的，他應該等金達的情緒更加穩定的時候再來才對。因為擔心金達病情會有反覆，因此就想趁早撤退。

沒想到金達卻不打算放他走，用手抓住了傅華，吃力緩慢地說：「等、一、下。」

傅華不知道金達為什麼不讓他走，小心的問道：「金書記，您還有什麼事要交代的嗎？」

「呵呵，無意義，過客，」金達斷斷續續的說：「傅華，你、那個樣子，總、一語中的。」

金達是說傅華還是老樣子，總能一語中的，話中有讚揚傅華的意思。

傅華笑笑說：「金書記，您還是少說話吧，太傷神了。您好好休息，我走了。」

金達態度似有緩和，並沒有鬆開手，用力抓著傅華的胳膊，說：「多、來，我、冷、清。」

金達是做過市委書記的人，習慣了人們都圍著他轉，現在變成這樣，自然少了圍著他轉的人，心理上肯定很難承受。

萬菊在一旁幫金達補充道：「傅主任，我們家老金的意思是希望你多來，他這裏太冷清了。你有時間的話就多過來看看他吧，醫生也說讓老金多跟人交談，有助於他病情的恢復。」

沒想到金達居然是希望他多來，傅華想到當初他初識金達時的情景，有些不忍的點點頭，說：「金書記，您放心，我會常來看您的。」

金達這才鬆開手，放傅華離開。

兩天後，馮玉清終於被正式任命為東海省的省委書記，同時獲得任命的還有曲煒，他如願地被任命為東海省的常務副省長。東海省的政局更迭正式拉開了大幕。

呂紀的省委書記被免掉了，然而高層並沒有明確的給他新的職務，只說另有任用，看來高層對呂紀的安排還沒有醞釀成熟，又擔心呂紀在東海省搞出新的事情來，所以先安排了新的東海省委書記。

在公佈馮玉清為省委書記的會議上，鄧子峰一邊跟馮玉清握手道賀，一邊打量著馮玉清。

他眼中的馮玉清氣度雍容，看上去很平易近人。但是鄧子峰很清楚，她能夠在這個男性為主導的官場中做到省委書記這種高位，本身肯定有著過得硬的本領。

馮玉清笑說：「子峰同志，今後我們要一起搭班子，您是在東海工作一段時間的人了，可要多多指點我啊。」

鄧子峰客氣地回說：「指點不敢當，我這個省長一定會聽從以您為首的省委的領導的。」

馮玉清也客氣地說：「子峰同志不要這麼說，我們是合作搭班子，不是誰指揮誰的問題。我想我們只有合作才能實現共贏，也才能讓東海省獲得更大的發展。」

鄧子峰笑笑說：「是啊，合作共贏，我相信東海省在您的帶領下，一定會獲得更大的發展的。」

請續看《權錢對決》4 合縱連橫

權錢對決 三 越描越黑

作者：姜遠方
發行人：陳曉林
出版所：風雲時代出版股份有限公司
地址：105台北市民生東路五段178號7樓之3
風雲書網：http://www.eastbooks.com.tw
官方部落格：http://eastbooks.pixnet.net/blog
Facebook：http://www.facebook.com/h7560949
信箱：h7560949@ms15.hinet.net
郵撥帳號：12043291
服務專線：(02)27560949
傳真專線：(02)27653799
執行主編：朱墨菲
美術編輯：許惠芳

法律顧問：永然法律事務所 李永然律師
北辰著作權事務所 蕭雄淋律師

版權授權：蔡雷平
初版日期：2017年2月
初版二刷：2017年2月20日
ISBN：978-986-352-407-6

總 經 銷：成信文化事業股份有限公司
地　　址：新北市新店區中正路四維巷二弄2號4樓
電　　話：(02)2219-2080

行政院新聞局局版台業字第3595號 營利事業統一編號22759935

定價：280元　　特惠價：199元

國家圖書館出版品預行編目資料

權錢對決 ／ 姜遠方 著. -- 初版. -- 臺北市：
風雲時代，2016.11- 冊；公分

ISBN 978-986-352-407-6（第3冊；平裝）

857.7　　105019530